署名

アーサー・コナン・ドイル

自らの頭脳に見合う難事件のない無聊《ぶりょう》の日々を，コカインで紛らわせていたシャーロック・ホームズ。唯一の私立探偵コンサルタントを自任する彼のもとを，美貌の家庭教師メアリーが訪れる。彼女の語る事件は奇妙きわまりないものであった。父が失踪してのち，毎年，高価な真珠を送ってきていた謎の人物から呼び出しの手紙がきたというのである。ホームズとワトスンは彼女に同行するが，事態は急転直下の展開を見せる。不可解な怪死事件，不気味な〈四の符牒〉，息を呑む追跡劇，そしてワトスンの恋……。忘れがたき余韻を残すシリーズ第２長編。

登場人物

メアリー・モースタン……………家庭教師
アーサー・モースタン大尉…………メアリーの父
ジョン・ショルトー少佐…………モースタン大尉の友人
バーソロミュー・ショルトー………
サディアス・ショルトー……………
（ショルトー少佐の息子）
ジョナサン・スモール………………
モハメッド・シン……………………
アブドゥラー・カーン………………
ドスト・アクバル……………………
（署名者）
モーディカイ・スミス………………貸し船の船長
アセルニー・ジョーンズ……………ロンドン警視庁《スコットランドヤード》捜査官
シャーロック・ホームズ
ジョン・H・ワトスン

四人の署名

アーサー・コナン・ドイル
深町眞理子訳

創元推理文庫

THE SIGN OF FOUR

by

Sir Arthur Conan Doyle

1890

目次

四人の署名

1　推理の科学

シャーロック・ホームズはマントルピースの隅からいつもの瓶をひきよせ、つづいて、しゃれたモロッコ革のケースから、皮下注射器をとりだした。さらに、長く、白い、だが強靭《きょうじん》な指で、細い注射針の角度を調節すると、やおらシャツの左袖のカフスをまくりあげた。そのあとしばらく、その目は思案げに、無数の針跡でおおいつくされた筋肉質の前腕から手首のあたりにそそがれていたが、ややあって、鋭い針先がずぶりと突きたてられ、小さなピストンがぎりぎりまで押しさげられてしまうと、彼は深々と満足の吐息をもらしつつ、ビロード張りの肘かけ椅子にゆったりすわりなおした。

ここ数カ月のあいだ、私は日に三度ずつこの儀式を見せつけられてきたが、見慣れたからといって、平気でいられるというものでもなかった。いや、それどころか、日ましにその光景は神経にさわるようになり、なんとかやめさせたいと思いながらも、そう切りだすだけの勇気もない自分にたいし、身内に自責の念がふくれあがってゆくのを感じているところだった。これまでにも何度となく、きょうこそはその問題について、こちらの思うところをぶちまけてやろう、などと心に誓ってはみたのだが、この同居人の何事にも無頓着な、こともなげな態度を見るにつけ、この男はそういう出すぎた真似は断じて受けつけないたちの人間ではないか、との思いにとらわれてしまうのだ。彼の偉大な天分、堂々とした態度、再三のあたりにしてきたなみはずれた才能、それらが私を気後れさせ、彼の行為にたいして小賢《こざか》しげな意見などするのをためらわせるのである。

それでもその午後は、昼食時に飲んだボーヌの赤ワインのせいか、それとも、いつにもましてこともなげな、平然とした彼の態度が癇《かん》にさわったのか、いずれにしても私は、もう我慢の限界だととつぜん感じたのだった。

「きょうのはどっちだい？　モルヒネか、コカインか？」私の口から質問がとびだした。

膝の上にひろげていた古いドイツ文字で書かれた書物から、彼はものうげに目をあげた。

「コカインだよ」と言う。「七パーセントの溶液(1)だ。きみもやってみるかい？」

「とんでもない、断わる！」私は言いかえした。「ぼくの体は、アフガニスタン戦役で受けた打撃からも、まだ立ちなおれずにいるんだ。これ以上よけいな負荷をかける余裕なんかあるものか」

むきになっている私に、彼はにっこりして答えた。「おっしゃるとおりかもしれないな、ワトスン。たしかにこいつは体にはよくないだろう。しかしね、精神にはまたとない刺激となるし、頭脳を明晰にもしてくれるんだ。効能があまりにも卓越してるから、副作用なんか、物の数でもないのさ」

「しかし、考えてもみたまえ！」私は真摯《しんし》に訴えた。「結果を考えてみるんだ！　いかにもきみの言うとおり、頭脳は刺激を受け、高揚もするかもしれない。とはいえ、所詮は人工的な、病的な作用なんだから、そのせいで組織の変化が異常に進んで、ついには脳髄が永久的に麻痺してしまうことだってありうるんだ。それともうひとつ、反動として、ひどい憂鬱に襲われること、これもきみは身にしみてよくわかってるだろう。要するに、損得を考えあわせると、ぜんぜん割に合わないんだよ。いったいなんだってきみは、ほんの一時の退屈しのぎのために、せっかく恵まれた偉大な才能を損なうような真似をするんだ。ぼくがきみの友人だか同志だかはさておき、これはそういう立場の人間としてだけ言ってるんじゃない。一個の医者として、ある程度まではその健康に責任を持つはずの相手にたいして、そう言ってるんだ」

彼はいささかも気を悪くしたようには見えなかった。それどころか、指先を山形につきあわせ、肘をゆったりと椅子の腕に預けて、いかにも座談を楽しむといったふぜいである。

「ぼくの精神はね」と言う。「停滞を嫌うのさ。だからなんでもいい、ぼくに問題を与えてくれ。仕事を与えてくれ。最高に難解な暗号文を与えてくれ。でなきゃ、最高に込み入った化学分析の問題でもいい。そうすれば、たちまち本来の自分をとりもどしてみせるさ。もちろん人工的な刺激物なんかともおさらばだ。とにかくこうしてなんの刺激もなく、毎日をだらだらと無為に過ごすのなんて、反吐《へど》が出る。精神の高揚をこそぼくは渇望する。だからこそまた、こういう特殊な職業を選んだ、というか、より正確には、創造したんであってね――なぜってぼくは、この職業にたずさわる世界で唯一の人間なんだから」

「つまり、唯一の私立探偵、ってことかい？」私は眉をつりあげてみせながら反問した。

「唯一の私立探偵コンサルタントだよ」彼は答えた。「探偵という世界での、最終かつ最高の上訴裁判所、それがぼくなのさ。グレグスンや、レストレードや、あるいはアセルニー・ジョーンズといった面々、彼らが行き詰まると――ちなみに、連中が行き詰まるのは毎度のことなんだが――そこでこのぼくに相談が持ちこまれ、ぼくはその筋の玄人《くろうと》としてデータを見なおし、そのうえで専門家としての意見を聞かせてやる。こんなとき、ぼくはけっして名利《みょうり》はもとめない。ぼくの名が新聞紙上を飾ることもない。ただ純粋にその仕事そのもの、ぼくの独特の能力を発揮できる舞台を見いだす喜び、それだけがぼくにとってのこのうえない報酬なんだから。といっても、きみだって例のジェファスン・ホープ事件で、ぼくの仕事のやりかたの一端は、すでに経験してるはずだけどね」

「ああ、それはそうだとも、たしかに」私は熱をこめて言った。「実際、あれほど強い感銘を受けたのは、生まれてはじめてだったからね。ぼくなりにあの事件の一部始終を、『緋色の研究』というといささか奇抜な題で、小冊子にまとめてみたくらいなんだ」

ホームズは情けなさそうに首を横にふった。

「ぼくもちらっと目を通してはみたがね」と言う。「ざっくばらんに言って、あれはあまり褒められた出来じゃないな。探偵仕事ってのは、一個の厳密な科学であって――またはそうあるべきであって――いつの場合も、冷静かつ感情にとらわれぬ扱いかたをすべきものなんだ。きみはあいにくそれをロマンティシズムで味つけしようとしたものだから、結果はまるでユークリッドの第五定理に、ラブストーリーか駆け落ち話でも持ちこんだみたいな、継《つ》ぎ接《は》ぎ細工になってしまった」

「だけどあの話には、実際にロマンスだってあったじゃないか」私は言いかえした。「事実は事実、曲げるわけにはいかないだろう」

「多少の事実は伏せておくものさ。でなきゃすくなくとも、その扱いにはバランス感覚を働かせなきゃ。あの事件で、ああしてとりあげるのにあたいする点といえば、ただひとつ、結果から原因にさかのぼるという、ぼく独自の分析的推理についてだけ——それを用いてぼくが事件の解明に成功した、あの推理法についてだけだよ」

私は少々むっとした。とくに彼を喜ばせようとして書いたものを、こんなふうに当の本人にけなされては、さすがに腹がたつ。ついでにもうひとつ白状すると、私の著作は一行残らず、彼自身の特別な言動を記述したものであるべきだ、とでも言いたげな彼のひとりよがり、これにも鼻白む思いがする。ベイカー街で共同生活を営むようになってからの年月、わが同居人の物静かな、どこか教師然としたたたずまいの奥に、ちょっとした虚栄心がひそんでいるのは、一度ならず見せつけられてきたものだ。けれどもいまはなにも言いかえさず、ただすわって、古傷のある脚(2)をさすっているだけにした。しばらく前にジェザイル弾による貫通銃創を受け、そのせいで、歩くのに不自由するようなことこそないものの、気候の変わり目ごとに、激しい痛みに悩まされるのである。

ややあって、ホームズは古いブライヤーのパイプに煙草を詰めながら話をつづけた。「近ごろはぼくの仕事もヨーロッパ大陸にまでひろがっている。つい先週も、フランソワ・ル・ヴィラールから相談を受けた——この男、きみも知ってるかもしれんが、最近フランスの司法警察で、だいぶ名を挙げてきている。ケルト系の人間らしく、直感力の鋭さでは申し分ないが、あいにく、犯罪事件に関する該博かつ正確な知識が欠けてるんだ——より高度な捜査能力を養ってゆこうとするなら、そうした知識は必要不可欠なんだがね。相談のあった事件というのは、ある遺言書に関するもので、いくつか興味ある特徴をそなえていた。そこで、それによく似たふたつの事件——一八五七年にリガで起きた事件と、もうひとつは一八七一年にセントルイスであったものだが——そのふたつについて彼に教えてやったところ、さいわい向こうはそれを参考にして、正しい解決にたどりついたわけだ。ほら、これがけさ届いた彼の礼状だよ——ご協力に感謝するとある」

そう言いながら彼がほうってよこしたのは、一枚の皺《しわ》くちゃになった外国製の用箋だった。ざっと目を通してみると、〝すばらしい《マニフィーク》〟だの、〝達人の手腕《クー・ド・メートル》〟だの、〝離れ業《トゥール・ド・フォルス》〟だのといった賛辞がおびただしく散らばっている——どれも、書き手のフランス人の熱烈な賛美の念を示すものだ。

「まるで弟子が師匠を仰ぎ見て言うかのようだ」私は論評した。

「そうなのさ、ぼくの助力を買いかぶりすぎてる」シャーロック・ホームズはこともなげに言ってのけた。「本人だって、それ相応の素質は持ってるんだよ。理想的な探偵たるに必要な三つの資質のうち、ふたつまでをそなえてるんだから。まず、観察力がある。それに推理力もある。足りないのは知識だけだが、これも時がたつうちには身についてくる。いま現在、ぼくのささやかな著作をフランス語に翻訳してるところなんだ、この男は」

「きみの著作だって？」

「おや、知らなかったのか？」彼は笑いながら言った。「そうなのさ。はばかりながら、これでも論文を何編かものしている。どれも専門分野の技術問題に関するものだがね。たとえばこれだ――〈各種煙草の灰の見分けかたについて〉。ざっと百四十種類の葉巻、紙巻き煙草、パイプ煙草を列挙して、それぞれの灰のちがいを色刷り図版で例示してある。この灰の問題というのは、刑事裁判の場で、しょっちゅうとりあげられる点のひとつでね、ときにはこのうえなく重要な手がかりにもなりうる。たとえばの話、ある殺人事件で、犯人がインドのランカー煙草(3)を常用する人間だと確言できれば、捜査の範囲がいちじるしくせばまることは言うまでもない。訓練を積んだ専門家の目で見れば、トリチノポリー葉巻の黒い灰と、バーズアイ(4)の白っぽくふわふわした灰とのあいだには、キャベツとじゃがいもほどの相違があるものなのさ」

「いやはや、きみという男は、そういう些細な問題についちゃ、たいした才能があるんだな」

私はつくづくとそう言った。

「それらの重要性を正当に評価してるからね。ついでにもうひとつ、こっちのは、足跡をたどる技法についての論文だ。焼き石膏を用いて足跡の型をとる方法、それについてもちょっと触れている。それからこれは、ささやかながら独自の研究だと自負してるんだが、職業が各人の手の形に及ぼす影響を論じたもので、スレート工、水夫、コルク切り職人、植字工、織工、ダイヤモンド研磨工、等々の手を、それぞれ石版刷りで例示してある。科学的な探偵法を標榜するものには、これが非常に大きな実用的価値を持つんだ——とりわけ、死体が身元不明であるとか、犯罪者の前歴をつきとめるとかいった場合になるとね。しかしまあ、手前味噌ばかり並べたてて、きみを退屈させちまったようだな」

「いやいや、とんでもない」私は真情をこめて答えた。「ぼくにもおおいに興味のある問題だよ、それは。とくに、きみがそういう探偵術を実地に応用するところを、げんにこの目で見せてもらってるからね。ところで、さっききみは〝観察と推理〟ということを言ったろう？　このふたつというのは、じつはある程度まで重なりあうものじゃないのかい？」

「いや、ちがうな、ほとんど重なりあう部分はない」彼は答えて、肘かけ椅子にゆったりすわりなおすと、パイプから濃く青い煙をもくもくと吹きあげた。「たとえばだ、観察は、きみがけさ、ウィグモア街郵便局へ出かけてったことを教えてくれる。だが、そこできみが電報を一本打ったことを教えてくれるもの、それは推理だ」

「図星だよ！」私は言った。「どっちも的中している！　しかしだ、白状するが、きみがどうしてそういう結論に達したのか、その点がどうにも腑に落ちない。電報を打つというのは、急に思いたってしたことで、しかもだれにもそのことは話していないんだからね」

「いたって単純なことなんだ」私の驚きようをくつくつ笑ってながめながら、ホームズは言った。「あんまり単純なんで、わざわざ説明するまでもないほどなんだが、それでも、観察と推理の境界を明らかにするぐらいの役には立つだろう。観察は、きみの靴の甲に、少量の赤みがかった土が付着しているのを教えてくれる。ちょうどいま、ウィグモア街郵便局のすぐ前で道路工事が行なわれてるが、それで敷石が剝がされて、土が露出しているため、その土を踏まないで郵便局にはいってゆくのはむずかしい。土はちょっと特殊な赤みがかった色あいで、これはぼくの知るかぎり、この近辺ではあの地点にしかないものだ。以上が観察で、あとは推理ということになる」

「じゃあ、その推理だが、どうやって電報を打ったと推理したんだ？」

「なに、午前ちゅうはずっとこうやって差し向かいでいたんだから、きみが手紙を書かなかったことは、もちろんわかっている。さらに、そこの、きみがそうしてあけっぱなしにしているデスクの引き出しには、切手のシートと、分厚い葉書の束がはいってるのが見えるから、それらを買いにいったわけでもない。だったら、電報を打つ以外に、郵便局になんの用があるだろう？　つまり、他の要因をすべて排除してしまえば、残ったひとつが真実であるに決まってるのさ[5]」

私はしばらく考えてから、言った。「なるほど、たしかにこの場合はそうかもしれない。しかしだ、きみも自ら言うとおり、いまのはもっとも単純な部類のテストだった。ここでもしぼくが、きみの言うその理論をもうすこし複雑なテストにかけてみたいと言ったら、きみは失礼だと怒るだろうか」

「失礼どころか」彼は答えた。「そうしてくれれば、コカインの二本めをやらないですむ。どんな問題でもいいから、出してくれ。喜んで問題解明にあたってみせるよ」

「以前きみはこんなことを言った――どんな人間でも、日常使用する品物に、当人の個性の跡を残さずにいることはありえない。訓練された観察者なら、必ずやそこからなんらかの痕跡を読みとれるものなんだ、とね。そこでだ、ここに、最近ぼくのものになった懐中時計がある。これを見て、時計のもとの持ち主の性格なり、習慣なりについて、きみの見てとったところを聞かせてもらえないだろうか」

時計を彼に手わたしながら、私は心中ひそかににんまりしていた。というのも、私に言わせれば、これはとうてい解けるはずのない難問であり、したがって、その独善的な口調がときおり少々鼻につくホームズにたいしては、結構な見せしめになると思えたからだ。時計を受け取った彼は、まずそれを手のひらにのせて重みをはかるようなしぐさをし、つぎに文字盤をじっくりながめてから、裏蓋をあけ、内部構造をはじめは肉眼で、つづいて強力な凸《とつ》レンズを使って綿密に調べた。最後に裏蓋をぱちんとしめると、時計を私に返してよこしたが、そのときいかにもがっかりしたような顔をしたので、私はつい憫笑《びんしょう》せずにはいられなかった。

「ほとんどデータが得られないね、これからは」と、ホームズ。「この時計は掃除されたばかりだ。おかげで、もっとも推理の助けになりそうな手がかりがすべて失われてしまってる」

「お説のとおりだ」私は答えた。「ぼくのところへ送ってくる前に、掃除させたらしい」

そう言いながらも、私は内心で苦々しく思っていた。推理できないのを言い繕うために、この同居人は、へたな言い訳を持ちだしてきた。かりにこれが掃除されていない時計だったら、いったいどんな手がかりが得られたというのだ。

「もっとも、不満足ではあるが、いま調べたこともまるきり無駄だったわけじゃない」ホームズは言葉を継ぎながら、夢見るような目でぼんやり天井を見あげた。「まちがってたら訂正してもらうとして、まず言えることは、この時計はきみの兄さんのものだったということ。そして兄さんは、これをお父上から相続されたということ」

「それはつまり、裏にH・W・と彫ってあることから類推したのだろう？」

「そのとおり。W・はきみの姓を示している。時計自体は五十年ほど前の品で、頭文字もおなじくらい古い。つまりこれはわれわれの親の時代につくられたものだ。こうした貴金属類は長男に譲られるのが普通で、その長男は父親とおなじ名を受け継いでいることが多い。ぼくの記憶に誤りがなければ、お父上はもうだいぶ前に亡くなっておいでだ。だとすれば、これはきみのいちばん上の兄さんの持ち物だったということになる」

「まちがいない、そこまではね」私は言った。「ほかには？」

「兄さんはずぼらなひとだった――とびきりずぼらで、おまけにうっかりもの。けっこう将来性もあったのに、たびたび好機を棒にふったあげく、暮らし向きに困ることが多くなり、たまに景気がよいときはあっても、それも長続きはせず、ついには酒に溺れるようになって、窮死された。とまあ、いまわかるのはこれくらいのところだね」

　私は思わず椅子からとびあがると、脚をひきずりひきずり、せかせかとそこらを行ったりきたりした。内心にふくれあがる苦い気持ちをおさえかねたのだった。

それから言った。「ひどいじゃないか、ホームズ。きみらしくもないぞ、こんな下劣な真似をするなんて。だってそうだろう――前もってぼくの不運な兄貴のことを調べておいて、それをいまになって、なにかしゃれた推理を通じてひきだしたみたいなふりをする。それだけのことを、ぜんぶこの古時計から読みとったなんて、だれが信じるものか！　ずいぶん阿漕《あこぎ》なやりくちだし、あえて言えば、少々ぺてんの気味だってあるぞ」

「いやいやすまない、謝るよ、ドクター」ホームズは穏やかに言った。「物事を一個の抽象的な問題としてとらえるといういつもの癖が出て、これがきみにとってどれだけ身にこたえる、切実な話題かということを、つい忘れてたんだ。だけどね、あらためてはっきり言うけれど、たったいま、時計を手わたされたその瞬間まで、きみに兄さんがいるということすら、ぼくは知らなかったんだよ」

「そうなのか？　事実ならば〝驚き桃の木〟だが、じゃあいったいどうやって、いま指摘したようないろんなことを知ったというんだ？　すべての点において、ぴたりと的中している」

「まあいってみれば、幸運の然らしむるところ、かな。ぼくに言えるのは、可能性を秤《はかり》にかけて得られる、その平均的な結果だけだ。ぴたりと当てようなんて気は、はなからなかったよ」

「とはいっても、たんなる当て推量ってわけでもないんだろう？」

「そりゃそうさ、もちろん！　ぼくはけっして当て推量はしない。当て推量なんて、とんでもない悪習だよ――論理的な能力を損なうだけのものさ。ぼくの指摘がきみにとって不思議に思えるとすれば、それはたんにきみが、ぼくの思考の筋道をたどれなかったり、重要な推理の土台になっている些細な事実を、見のがしていたりするからにすぎない。いまぼくは、きみの兄さんがずぼらなひとだったというところから話を始めた。その時計だが、いわゆる側《がわ》の下のほうをよく見ると、二ヵ所にくぼみができているばかりか、一面にかすり傷だらけになっている——いつもなにかかたい物質、たとえば硬貨とかキーとか、そういったものといっしょくたにポケットに入れていた証拠だ。五十ギニーもするりっぱな時計を、それほどぞんざいに扱うとなれば、よほどずぼらな人物に相違ないと考えても、べつにたいした推理力の冴えってわけでもなかろう。同様に、これほど高価な品物を親から相続するとなると、ほかの点でもかなり恵まれた人物だったということ、これもあながち見当はずれな推理ではあるまい」

私は軽くうなずいて、その論証の過程に異論がないことを示した。

「ところで、わがイギリスの質屋では、普通、時計を質にとると、質札の番号を裏蓋の内側にピンでひっかいて刻みつけておく習慣がある。札がとれてしまったり、ほかのと入れちがったりする心配がないから、このほうが便利なんだ。そこで、この時計の蓋の内側を拡大レンズで調べてみると、そういう番号が四つも刻まれているのが読みとれる。そこで推論——きみの兄さんというひとは、ちょくちょく金に困ることがあった。二つめの推論——それでもときおりはなにかのはずみに、金回りがよくなることもあった。そうでなければ、そもそも質種を請けだすことすらできなかったはずだからね。そして最後に——きみ、ちょっとこの鍵孔《かぎあな》のある中蓋を見てくれたまえ。孔の周囲に、無数の引っ掻き傷があるのがわかるだろう——キーをさしこみそこねた跡だよ。しらふの人間なら、こんなに毎度毎度、手もとを狂わせて、キーで傷を残したりするものか。それが、酒飲みの時計となると、こういう傷がなかったためしがない。つまり、夜になってねじを巻くときに、手もとがおぼつかないから、キーがすべるわけだ。以上だが、ここまでの推論になにか不明な点でもあるかい？」

「いや、いっさいは白日のごとく明らかだね」私は答えた。「すまなかった——きみの推理を曲解したことを謝るよ。もっときみのすばらしい才能に信をおくべきだったんだ。というところで、ひとつ訊いてもいいかな——目下、きみのそういう専門的能力を生かした調査、なにか手がけているのか？」

「いや、ぜんぜん。だからこそのコカインなのさ。なんであれ頭脳労働にたずさわっていないと、ぼくは生きていけない。ほかにどんな生き甲斐があるっていうんだ。ためしに、この窓のところに立ってみたまえ。なんと陰気で、荒涼として、退屈な世界だろう。通りにそって黄色く濁った霧がうずまき、鈍色《にびいろ》をした家々のあいだを流れてゆく。これほど無味乾燥で、救いようもなく散文的な光景がまたとあるだろうか。ねえドクター、多少なりとも能力がそなわっていたとして、それを生かす場がなければ、所詮は宝の持ち腐れだろう？　犯罪も月並みなら、人生も平凡——そして才能だって、やっぱりそんな月並みなものでもなければ、この世ではなんの使い途《みち》もないってことなのさ」

この長台詞《ながぜりふ》にたいしてなにか言おうと、私が口をひらきかけたそのとき、きびきびしたノックの音がして、下宿の女主人が真鍮《しんちゅう》の盆に一枚の名刺をのせてはいってきた。

「お若いご婦人が訪ねておいでです」と、同居の友人にむかって言う。

「ミス・メアリー・モースタンか」友人が名刺を読みあげる。「ふむ！　覚えのない名だ。とにかくお通ししてください、ハドスンさん。いやいやドクター、きみはそのままで。むしろ同席してもらったほうがいい」

（1）〝七パーセントの溶液〟は、よく知られた「ホームズ語録」のひとつ。

（2）ワトスンはここで〝古傷のある脚〟と書いているが、彼がアフガニスタン戦線でジェザイル銃（アフガニスタン式の重いロングライフル）による銃創を受けたのは、肩だったはずであり（本文庫『緋色の研究』一一頁参照）、ワトスンの負傷した部位がどこだったかは、かねてからシャーロッキアンの論議の種となっている。

（3）ランカーは、インドのゴーダーヴァリー河の三角州にある島。そこで産する煙草の葉でつくった強い両切りの葉巻をランカー煙草と称する。

（4）バーズアイは銘柄ではなく、葉巻の葉の刻みかたをさす。葉の中骨を残したまま輪切りにするので、切り口が鳥の目《バーズアイ》のようになる。

（5）〝他の要因をすべて排除してしまえば〟以下は、著名な「ホームズ語録」のひとつ。

2　事件の顚末《てんまつ》

ミス・モースタンなる女性は、足どりもしっかりと、見た目は落ち着いたようすで部屋にはいってきた。年若だが、良家の出らしい金髪の、小柄で華奢《きやしや》な女性で、手袋をきちんとはめ、身につけているものの趣味も申し分がない。けれども、そうした服装全体に、ごくごく質素で、飾り気のない雰囲気がただよい、あまり暮らし向きに余裕がないことも感じさせる。ドレスは、地味なグレイがかったベージュ、縁どりとか、組み紐《ブレード》飾りの類《るい》はいっさいなく、頭にのせたおなじ色調の地味なターバン型帽子のサイドに、白い羽根をさしているのが、わずかに全体のいろどりになっているだけだ。顔だちもとくにととのってはいず、肌も透き通るほどきれいというわけでもないのだが、表情はやさしく、情感にあふれ、しかも大きな青い目が、とびきり生きいきとして、知的な光をたたえている。これまで私は三つの大陸で、さまざまな国々の女性を見てきたが、その私にしても、これほど洗練された、感受性豊かな人柄をはっきりと反映した面《おも》ざしに出あったためしはない。見まもるうちに、彼女はシャーロック・ホームズにすすめられて席についたが、そのとき、彼女の口もとがふるえ、手がわなないて、内心の激しい感情が随所にあらわれていること、それに私はいやでも気づかずにはいられなかった。

「ホームズ様、こうしておうかがいしましたのは」と、彼女は切りだした。「以前、わたくしの雇い主のセシル・フォレスター夫人のために、あるちょっとした家庭内の揉め事を、あなたさまが解決してくださったことがあるからでございます。そのおりのあなたさまのお心遣いとお手並みとに、夫人はほとほと感じ入っておいででした」

「セシル・フォレスター夫人ですか」ホームズは思案げにその名をくりかえした。「たしかにちょっとばかりお力添えをしたことはあります。とはいえあの事件は、ぼくの記憶しているかぎりでは、いたって単純なものでしたが」

「夫人はそうは思っておいでじゃありませんでした。ただすくなくとも、このたびわたくしのお願いしたいと思っておりますこの一件については、それとおなじようにはいかないかと存じます。いまわたくしの置かれておりますこの状況、これほど奇妙で、およそ不可解としか言いようのない事件って、ちょっと想像を絶しておりますもの」

ホームズは手をこすりあわせた。目が輝きを増した。椅子の上で一膝のりだしたときには、その輪郭の鋭い、鷹のような面《おもて》に、なみなみならぬ集中の色がうかがえた。

「その事件というのを話してください」と、歯切れのよい、ビジネスライクな口調で言う。

こうなると、このままこの席にいるのは、私としても少々気がひける。

「ぼくは失礼したほうがよさそうだな」そうつぶやいて、椅子から腰を浮かせかけた。

ところが、あにはからんや、客の女性が手袋をはめた手をあげて、私を押しとどめた。

「お友達のかたにも同席していただいたほうが、わたくしとしては好都合なのでございますけど」と言う。

私はあげかけた腰をおろした。

「かいつまんで申しますと、こういうことなのでございます」客はつづけた。「わたくしの父というのは、インド駐留のある連隊の将校でございましたが、わたくしはごく幼いころ、父のはからいでイギリスへ送りかえされました。母はすでに亡く、こちらに身寄りもございませんでしたが、それでも、エディンバラのさる居心地のよい寄宿制女学校に入れてもらい、十七のときまでそこで過ごしました。一八七八年のこと、そのころ連隊の先任大尉になっておりました父が、十二カ月の賜暇《しか》をとって、こちらへもどってまいりました。父はロンドンから電報をくれて、無事に着いたから、おまえもすぐにくるようにと言ってよこし、滞在先として、ランガム・ホテルの名を挙げてまいりました。記憶しておりますかぎりでは、その電報は父親らしい愛情と心遣いにあふれたものだったと存じます。ロンドンに着くと、わたくしはさっそくランガムへ馬車を急がせましたが、ホテルで聞かされたのは、モースタン大尉はたしかに投宿しておいでだけれども、じつはゆうべお出かけになったきり、まだおもどりでない、ということ。その日は一日じゅう、父からはなんの連絡もないままにホテルで待ちつづけ、夜になってから、ホテルの支配人にすすめられて警察に届けを出し、あくる朝には、ぜんぶの新聞に広告も出しましたのですけど、まったくなんの手がかりもございません。そしてその日以来、不幸な父の消息については、なにひとつつかめぬままに、今日《こんにち》にいたっております。かわいそうに父は、故国でなんらかの安らぎ、なんらかの慰めを見いだそうと、それを楽しみに帰ってまいりましたはずですのに、それが——それが……」

モースタン嬢は喉に手をあて、むせび泣きをもらした。言葉がとぎれた。

「日付けをうかがいましょう」ホームズが手帳をひろげながら言った。

「消息を絶ちましたのは、一八七八年の十二月三日——かれこれ十年前になります」

「お父上の持ち物は？」

「ホテルに残っておりました。でも、手がかりになりそうなものは、なにもございません——衣類が少々と、書物が何冊か、ほかには、アンダマン諸島(1)のお土産物《みやげもの》らしい、なにやら珍しい品がどっさり。父はその土地の流刑囚収容所で、警備隊付き将校として勤めておりました」

「ロンドンに知人がおありでしたか？」

「存じあげておりますのは、おひとかただけ——ショルトー少佐とおっしゃって、父とおなじ連隊、ボンベイ駐屯歩兵第三十四連隊にいらしたかたです。それよりすこし前に退役になられて、アパー・ノーウッドにお住まいでした。もちろん少佐にも問いあわせてみましたけど、お返事は、かつての同僚である父が帰国していたことさえ知らなかった、というものでした」

「妙な話ですね」

「ええ。でもいちばん妙なのは、まだこれからお話しすることなんです。六年ほど前——正確に申しますと、一八八二年の五月四日ですけど——《タイムズ》に〈尋ね人〉の広告が出まして、ミス・メアリー・モースタンの現住所を知りたい、名乗りでてくれれば、本人のためになるだろう、とあります。ただそれだけで、広告主の名前も住所もしるされておりません。当時わたくし、家庭教師という身分で、セシル・フォレスター夫人のお屋敷に住みこんだばかりでしたので、とりあえず夫人のおすすめで、おなじ広告欄にこちらの所番地を載せてもらいました。すると、その日のうちに、小包で小さなボール箱がわたくし宛てに送られてまいりまして、あけてみましたら、とても大きな、つやのいい真珠が一粒はいっています。ほかには添え状もなければ、差出人の住所も付されておりません。それからというもの、毎年そのおなじ日になりますと、きまっておなじようにボール箱が届き、なかにはおなじような真珠が一粒、送り主についてはなんの手がかりもないまま、ということがつづきました。真珠は、ある専門家のかたに鑑定していただきましたところ、きわめて珍しい種類のもので、値打ちも相当のものだと。このとおり、どうかご自分の目でお確かめになってくださいませ――なかなかみごとなものだということがおわかりになると存じます」

そう言いながらモースタン嬢は、持参した平たい箱をあけ、六粒のみごとな真珠を見せてくれた。たしかに、私もはじめて見るほどのすばらしい逸品である。

「まことに興味ぶかいお話ですね」と、シャーロック・ホームズが言った。「で、それ以外に、なにか変わったことでもありましたか？」

「ございました――それも、ついきょうのことです。こうしておうかがいしたのも、それだからなのでございます。じつはけさ、こんな手紙が届きましたの――たぶんご自分でお読みになりたいだろうと思い、持参いたしました」

「恐縮です」ホームズは手紙を受け取った。「封筒も見せてください。消印はロンドン、南西郵便区。日付けは七月七日。ふむ！　隅っこに男性の親指の指紋――たぶん配達員のものだろう。最高の上質紙。一束六ペンスはする封筒。文房具に凝る人物と見えるな。差出人の住所はなし。文面はと――〝今夕七時、ライシャム劇場正面の左から三本めの柱のところまでご足労ありたし。疑義ある場合は、友人二名を帯同されるも可。貴嬢は不当な扱いを受けてきた身、いまこそその不義が正されよう。ただし警官の同行は不可。その場合は、すべてが烏有《うゆう》に帰するものと心得られよ。未知の友より〟。うむ――いやまったく、これはたしかになかなかの謎だ！　で、モースタンさん、あなたはどうなさるおつもりなんです？」

「それをご相談したいのですけど」

「ならば、ぜひともごいっしょに出かけることにしましょう――あなたと、ぼくと――あとは、そう、このドクター・ワトスン、まさにうってつけの人物です。手紙には、〝友人二名〟とありますからね。これまでにもワトスンとはずっと協力して仕事をしてきたんですよ」

「でも、おひきうけくださいますかしら」依頼人は、声にも表情にも、訴えかけるような調子をこめて言った。

「いや、お役に立てるのなら、このうえない光栄であり、喜びでもあります」私は勢いこんで答えた。

「おふたかたとも、ほんとにありがとうございます」相手も応じた。「わたくし、ずっと狭いおつきあいしかしてまいりませんでしたので、こういうときにご相談できるお相手がほかにございませんの。それでは今夜、六時ごろにここへまいればよろしゅうございますね？」

「それより遅くなってはいけませんよ」ホームズが言った。「ところで、あとひとつだけ、お訊きしたいことがあります。この手紙の筆跡、これは真珠を送ってくるときの所書きとおなじものですか？」

「それならここに持ってきております」そう答えてモースタン嬢は、六枚そろった小包の包み紙をとりだしてみせた。

「いやあ、模範的な依頼人とはあなたのことだ。じつに的確な洞察力を持っておられる。では拝見するとしましょう」ホームズは受け取った紙をテーブルの上にひろげると、その一枚一枚を鋭い目ですばやく見くらべていった。やがておもむろに、「手紙以外は、どれも筆跡を偽装していますね。ただし、書き手については、疑問の余地はまったくない。このギリシアふうのeの字、これが自然に出てきてしまう癖とか、単語の最後のsの字の曲がりかた、どれもおなじだ。明らかに同一人物の手になるものですね。ところで、糠喜《ぬかよろこ》びさせたくはありませんが、念のためにもうひとつ——万が一にもこれらの文字と、お父上の筆跡とのあいだに、似かよった点がありはしないでしょうね、モースタンさん？」

「それはございません。似ても似つかぬ文字ですわ」

「だろうと思いました。では、六時にお待ちしています。それまでこれらの包み紙、お預けいただけませんか？　もうすこし調べてみたい点がありますのでね。まだ三時半になったばかりですから。それでは、またのちほど」

「失礼いたします」そう言って、依頼人は明るくにこやかな目を私たちそれぞれに向けると、真珠のはいった箱を懐中におさめ、急ぎ足に出ていった。

私は窓ぎわに立ちつくして、きびきびした足どりで下の通りを歩み去る彼女の後ろ姿を見送った。やがて彼女の灰色の帽子も、白い羽根飾りも、ともに雑踏する人込みにまぎれ、ちっぽけな点としか見えなくなっていった。

「なんて魅力的な女性だろう！」私は溜め息まじりにそう言いながら、同居の友人のほうへ向きなおった。

彼はパイプに火をつけなおし、いまはまぶたを軽くとじて、椅子に沈みこんでいた。私の言葉を聞いても、いかにものうげに、「おや、そうかい？　気がつかなかったな」そうのたもうただけだ。

「きみって男は、じっさい、機械人形みたいなやつだな――人間計算機だ」私は思わず声を高めた。「ときとして、おそろしく非人間的なものを感じるよ、きみには」

彼はゆったりとほほえんだ。

「なによりたいせつなことはね」と言う。「相手の個人的資質によって、その相手への判断を狂わされないようにすることさ。依頼人というのはこのぼくにとって、ある問題を構成するひとつの単位、ひとつの因子にすぎない。好悪の感情なんてものは、明晰な推理の敵以上のなにものでもないんだから。実際の話、これまでにぼくの知っただれよりも魅力的な女性というのは、保険金ほしさに三人の幼い子を毒殺し、それで絞首刑になった女だったよ。そうかと思うと、いちばん虫の好かなかった男は、ロンドンじゅうの貧民のために、二十五万ポンドもの大金をばらまいたという男だったしね」

「とはいえ、今回の場合は――」

「ぼくは例外を認めない。例外は原則を否定するものだ。ところできみ、きみは筆跡から書いた当人の性格を分析する、そういう実験をやってみたことがあるかい？　たとえばこの男の筆跡だが、これをきみはどんなふうに見る？」

「読みやすくて、ととのった文字だね」私は答えた。「事務的能力もあって、しっかりした性格の男だ」

ホームズはやれやれとばかりにかぶりをふってみせた。

「ここに書かれた長い文字を見たまえ。長い文字なのに、ほかの短い文字の線から、ほとんど上に出ていない。このdなんか、aとそっくりおなじに近いし、lはeと見まちがえるほどだ。しっかりした人物なら、字そのものは下手くそでも、長い文字と短い文字の区別くらいはちゃんとつけるものだよ。ついでに、この男の書くkの字、これも自信なげにぐらぐらしてるし、逆に大文字からは、自惚《うぬぼ》れがうかがえる。さてと、ぼくはちょっと出かけてくる。二、三あってみたい点があるんでね。きみにはこの本を推薦させてもらうよ――かつて書かれたもっとも注目すべき著作のひとつだ。ウィンウッド・リードの『人類の受難』(2)。じゃあぼくは一時間ほどで帰るから」

手わたされた本を手に、窓ぎわに腰を落ち着けてはみたものの、想念は本の著者の斬新な思想とはおよそかけはなれたところを浮遊するばかりだった。頭にちらつくのは、先刻訪れた女性客のことのみ――彼女の笑顔、豊かで深みのある声音、さらには彼女の生涯にたれこめている、あの摩訶不思議な謎。父親が行方不明になったとき、芳紀《ほうき》十七歳であったとしたら、現在は二十と七歳——若さがようやく自意識という刺《とげ》をなくし、経験によってほどよく熟成されてくる年ごろだ。というわけで、私はそこにすわって、夢想にふけり、その夢想はあわや、ある危険な思いを頭のなかに芽吹かせるまでになったが、そこではっとわれにかえって、あわてて窓ぎわを離れると、デスクにもどって、病理学に関する最新の論文数編に猛然と取り組みはじめたのだった。いったいこの私が——不如意《ふにょい》な脚と、それ以上に不如意な銀行口座しか持たない一介の陸軍軍医が——いまさらなんと突拍子もないことを考えるものよ。あの女性はひとつの単位、問題を構成するひとつの因子——それ以上のなにものでもない。かりに私の将来が暗いものでしかないのなら、いまは男らしくそれを直視すべきであって、かりにもなにかはかない幻想で、そこに光明をもとめようなどと試みることがあってはならないのだ。

(1) アンダマン諸島は、ベンガル湾南東部にある群島。現在はインド領となっている。

(2) ウィリアム・ウィンウッド・リード(一八三八—七五)は、英国の作家・旅行家。おなじく小説家・劇作家として著名なチャールズ・リードの甥にあたる。『人類の受難』は、一八七二年に出版された、当時の人気作。

3　謎の解明をもとめて

五時半を過ぎてから、ホームズはもどってきた。快活で、意欲にあふれ、気分は上々のようだ――この男にあっては、つねにこういった躁状態と、暗く沈みこんだ鬱状態とが、交互にあらわれるのである。

「もはやこの事件にたいした謎はないと決まったよ」と、私がついでやったお茶のカップを受け取りながら言う。「すでにわかっている事実からひきだせる説明といえば、たったひとつしかないからね」

「なんだって？　というと、事件はもう解決したというのか？」

「いや、まあ、そう言いきるのは時期尚早かもしれないが。これはと思わせる事実を、ひとつつかんだというだけだから。とはいうものの、それがきわめて有望だというのは確かだ。ほかの細かい点は、まだこれから詰めなきゃならないけどね。いま《タイムズ》の古い綴《と》じ込みを調べてきたんだが、それによると、もとボンベイ歩兵第三十四連隊所属、退役後はアパー・ノーウッドに居住していたショルトー少佐は、一八八二年四月二十八日に死去してるんだ」

「ほう？……さてと、ぼくがとんでもないばかなのかもしれないけどね、ホームズ、それがいったいなにを意味するのか、さっぱりわからない」

「わからない？　おやおや、困ったね。じゃあこんなふうに考えてみたらどうだろう。モースタン大尉が消息を絶つ。ショルトー少佐は、大尉のロンドンでの唯一の知り合いで、訪ねてゆくとすれば、この人物しかいない。ところが、当の少佐は、大尉がロンドンにきていたことすら聞いていないと言う。それから四年後、ショルトー少佐は他界する。ところが、その死から一週間とたたないうちに、モースタン大尉の娘さん宛てに高価な贈り物が届けられ、しかもこれが毎年くりかえされたあげく、ついに今年、〝あなたは不当な扱いを受けてきた〟という手紙が届く。ではその〝不当な扱い〟とはなんなのか――父親の失踪ないし死に関係したことだ、としか考えられないじゃないか。それに、なぜ贈り物がショルトーの死んだ直後から始まったのか――これもまた、ショルトーの相続人が裏事情の一端を知って、遅まきながら娘さんに償いをしたがっているからだ、としか思えない。さあどうだい、これ以外にすべての事実にあてはまるような仮説、あったら聞かせてくれ」

「しかし、償いは償いとして、ずいぶん風変わりな償いじゃないか！　それに、償いのしかたも変わっている！　だいいち、いまになって手紙をよこすくらいなら、なぜ六年前にそうしなかったんだ？　もうひとつ、手紙では、〝不義を正す〟とか言ってるが、いまさらどういう点で娘さんのこうむった〝不義が正され〟るっていうんだ？　まさか、父親がまだ生きているとも思えないし。ほかにあのひとのこうむった〝不義〟なんて、なにも聞かされちゃいないだろう？」

「むずかしいところだね。たしかにむずかしい点は多々ある」シャーロック・ホームズは思案げに言った。「ともあれ、今晩出かけてゆくことで、そうした疑問はなにもかも解消するはずだ。ああ、四輪辻馬車《フォーホイーラー》がきた。モースタン嬢も乗ってる。用意はいいかね？ さっそく出かけよう。予定よりもすこし遅れてるから」

私は帽子をとりあげ、太いステッキを手にしたが、ホームズはと見れば、引き出しからリボルバーをとりだし、ポケットにすべりこませている。今夜の仕事が面倒なものになりそうだと見越しているのは明らかだ。

モースタン嬢は黒っぽいマントにくるまり、その感受性に富んだ面《おも》ざしは平静だったが、しかし顔色は青ざめていた。これからわれわれは謎めいた冒険に乗りだそうとしているのであって、それにたいして多少の不安を感じたとしても、女性の身としては無理からぬことだと思うのだが、にもかかわらず、その落ち着きにはすこしの綻《ほころ》びも見られず、シャーロック・ホームズの持ちだした付加的な質問にも、すらすらと答えた。

「ショルトー少佐は、父がとりわけ昵懇《じっこん》にしておりましたお友達でした。父の手紙でも、少佐のことはたびたび話題にのぼっております。ふたりとも、アンダマン諸島の駐屯軍では指揮官の立場にございましたから、なにかにつけて、行動をともにすることが多かったようです。そういえば、父のデスクからある奇妙な書類が見つかっているのですけど、じつはこれをだれも解読できずにおります。なんの意味もないものとは存じますけど、あるいはごらんになりたいかとも思い、ここに持参いたしました。これでございます」

ホームズは受け取った紙を注意ぶかくひろげると、ていねいに膝の上で皺《しわ》を伸ばした。それから、いつも持ち歩いている折り畳み式の拡大レンズで、端から入念に検分していった。

「紙はインド原産のものですね」と言う。「一時期、ピンで壁に留めてあったらしい。描かれているのは、多数の広間や回廊、通路などを持つ、ある大きな建物の一部の平面図のようだ。図の一ヵ所に、赤インクで小さな十文字がひとつ記入してあり、その上に鉛筆で、〝左から3・37〟と書かれているのがかすかに読みとれる。左の隅には、奇妙な絵文字が一個――四つの十字を横一列に並べて、それぞれ横棒でつなげたようなもの。そしてその脇に、ひどくぞんざいな、荒っぽい筆跡で、〈四の符牒――ジョナサン・スモール、モハメッド・シン、アブドゥラー・カーン、ドスト・アクバル〉とある。いや、まだわかりませんね、あいにくと――これがはたして今回の事件にどうかかわっているのか。とはいえ、この文書が重要なものであることは明らかだ。長らく紙入れにでもたいせつにしまわれてたようだし――表も裏もきれいなままですから」

「たしかに、見つけたときには父の紙入れのなかでした」

「では、このまま大事に保存しておきなさい、モースタンさん――いずれ役に立つときがくるかもしれない。ぼくとしても、どうもこの事件ははじめにそう見えたのより、もっと奥の深い、扱いのむずかしい問題じゃないかという気がしてきましたよ。あらためて考えなおしてみる必要がありそうです」

　そう言って座席の背にもたれたホームズを見ると、眉根は寄せられ、目はうつろに見ひらかれて、何事か一心に考えこんでいるのがわかった。モースタン嬢と私は、これからの冒険のこととか、それがどういう結果につながるかとか、そういったことを小声で話しあっていたが、ひとりホームズだけは、馬車が目的地に着くまで、黙りこくったまま、その姿勢をくずそうとしなかった。

九月の宵(1)で、まだ七時にもならなかったが、昼間からの鬱陶《うっとう》しい天候そのまま、小雨もよいの濃い霧が市街上空にどんよりたれこめていた。ぬかるんだ街路の上を、おなじ泥色をした雲が陰気におおっている。ストランド街に立ち並ぶ街灯も、ぼやけたしみのような弱々しい光となって、それぞれににじんだ輪を、足もとの泥濘《でいねい》の舗道に点々と落としているにすぎない。湿っぽく、粘ついた空気のなかに、店々のウィンドーから黄色い明かりが流れでて、雑踏する往来をぼんやりした、ちらちら揺れる光線で照らしだしている。それらの細い光束のなかに、つぎつぎに浮かんでは消えてゆく果てしない顔また顔の列、それは私の目にはなにやら薄気味悪い、亡霊めいたものにも見える――悲しげな顔、うれしげな顔、あるいはやつれた顔、快活な顔。それらはあらゆる人間の営みにも似て、暗がりからつかのま光のなかに立ちあらわれ、やがてまた暗がりへと消えてゆく。本来、さほど感じやすいたちではない私だが、この鬱陶しく、陰気な宵の雰囲気に加えて、これからたずさわってゆこうとしている用件の得体の知れなさ、それらが心に重くのしかかり、どうにも気分が晴れず、神経質にならずにはいられない。モースタン嬢のようすから見て、彼女もおなじような気分でいることは察せられる。ただひとりホームズだけが、こうしたつまらぬ煩いには動ぜずにいられるらしく、さいぜんから膝の上に手帳をひろげ、ときおり懐中電灯の光で、ちょっとした数字や心覚えの類《るい》を書きとめたりしている。

ライシャム劇場にきてみると、左右の入り口には、早くも客が山のように詰めかけていた。いっぽう正面入り口には、二輪辻馬車《ハンサム》や四輪辻馬車がひっきりなしに乗りつけてきては、礼装姿の男たちや、贅沢なショールをはおり、ダイヤモンドで身を飾った女たちを吐きだしてゆく。人垣をかきわけかきわけ、どうにか取り決めの場所である、左から三本めの柱にたどりついたかつかぬかのうちに、早くもひとりの男――御者《ぎょしゃ》の服装をした小柄で色の浅黒い、きびきびした感じの男――が声をかけてきた。

「ミス・モースタンのお連れのかたですか?」と、問いかける。

「わたくしがミス・モースタンです。こちらのふたりの紳士はわたくしのお友達です」と、モースタン嬢が答える。

男がさぐるように私たちに向けてきた目は、驚くほど鋭く、突き刺さるようだった。

「お嬢さん、失礼の段はお許し願いたいのですが」と、なにやら一歩もひかぬといった口調でつづける。「このお連れのかたふたりが警察の人間ではないこと、それをぜひお嬢さんの口から保証していただきたいのですが」

「保証いたします、警察のかたではありません」モースタン嬢が答える。

と、ここで男が鋭く口笛を吹き鳴らすと、それに応じて、ひとりの浮浪児が道の向こうから一台の四輪馬車をひいてきて、座席の扉をあけた。声をかけてきた男が御者席にのぼり、私たち三人は客席に乗りこんだが、座席に腰を落ち着けるかつけないかのうちに、早くも御者が馬に一鞭くれて、馬車は霧にかすんだ街路を猛然と走りだしていた。

なんとも奇妙な状況だった。いま私たちは未知の使命を帯びて、どことも知れぬ場所へと、馬車でひた走っている。とはいえ、この呼び出しがまったくの悪戯《いたずら》でないのなら——悪戯とはちょっと考えにくいが、もしそうでないのなら——行く手にはなんらかの重大な問題が待ち受けている、そう考えるだけのれっきとした理由があるとは言えるだろう。モースタン嬢はと見れば、あいかわらず落ち着いて、取り乱したようすはすこしもない。私はアフガニスタンでの体験をおもしろおかしく語って、彼女の気をまぎらわせようとしたのだが、正直なところ、そう言う私自身、目前の状況に気もそぞろ、行く先がどこなのかとそればかりで頭がいっぱいで、話はいささかとりとめのないものになった。これはいまにいたるも彼女が私をからかって言うことだが、そのとき私は、マスケット銃が真夜中に私のテントをのぞいたので、二連発の虎の仔《こ》をそいつにむけて発射した、とかいう驚くべき話をして聞かせたという。

はじめのうちは私にも、馬車の通っている道筋がわずかながら見当がついた。ところがじきに、速度が速いのと、霧が深いのと、私自身がロンドンの地理に不案内なのとが重なって、方向感覚を失ってしまい、ただおそろしく遠いところへ向かっているらしいということ以外、なにもわからなくなった。しかるに、シャーロック・ホームズはいささかも混乱することなく、馬車が広場らしきところをがらがらと走り抜けたり、曲がりくねったいくつもの脇道を出はいりするたびに、小声でそれらの名を口にしてみせる。

「ロチェスター・ロウだ。ああ、ヴィンセント・スクエアだな。ヴォクソール・ブリッジ・ロードに出た。どうやらサリー州に向かっているらしい。うん、思ったとおりだ。そら、橋を渡っている。河面がちらちら光っているのが見えるだろう」

いかにも、まっすぐにのびたテムズの流れがちらりと目にはいった。広く静かな水面に、街の明かりが反射している。だがそう見えたのもつかのま、馬車はまっしぐらに橋を渡りきり、まもなくサリー州側の迷路のような道筋にはいりこんでいった。

「ウォンズワース・ロードだ」と、私の連れが言った。「プライアリー・ロード。ラークホール・レーン。ストックウェル・プレース。ロバート街。コールドハーバー・レーン。どうやら、連れてゆかれる先は、あまり上等な土地柄じゃなさそうだな」

いかにも、馬車は少々いかがわしい、あまり近寄りたいとは思えない界隈にきていた。延々とつづく薄汚れた煉瓦造りの家並みに、角々のパブからこぼれる、けばけばしくどぎつい明かりが、わずかに輝きを添えている。つづいて、それぞれちっぽけな前庭を持つ二階建ての郊外住宅の列があらわれ、さらにその先にはまた、真新しい煉瓦の色だけが強く目を射る新築の建物が、どこまでも果てしなくつづく——この巨大都市という怪物が、田園へと遠慮会釈なく伸ばしつつある触手のひとつである。やがてようやく馬車が停まったのは、とある新しいテラス式住宅街の、角から三軒めにあたる家の前だった。左右を見わたしても、住人の気配はどの家にもなく、馬車が停まった目の前の家も、やはり真っ暗で、ただ勝手口に弱い光がひとつぽつんとともっているきりだ。それでも、私たちのノックにこたえて、すぐさま入り口の扉がひらかれたが、あらわれたのは、頭に黄色いターバン、白くゆるやかな長衣に黄色の帯というい でたちのインド人の召し使いで、このような東洋ふうの身なりをした人物が、こうした三流の郊外住宅地の、なんの変哲もない玄関口に立っているところは、どうにも場ちがいな感じを拭いきれぬものだった。

「旦那様《サーヒブ》がお待ちかねです」と、インド人は言ったが、その言葉にかぶせるように、奥の部屋から、かんだかく、かぼそい声が聞こえてきた。

「お通ししてくれ、キトマトガー[2]」と叫ぶ。「すぐにこちらへお通しするのだ」

（1）手紙の日付けを七月七日とする記述（前章）とは矛盾する。

（2）〃キトマトガー〃は人名ではなく、インドで召し使い頭や給仕などを言う語。アラビア語で〃奉仕〃を意味する〃キトマー〃からきている。

4　禿頭《とくとう》の男の語る物語

私たちはインド人に案内されるまま、見すぼらしく薄汚れた廊下を歩いていった。照明も、また調度も、見るからに貧弱なたたずまいだ。やがて、右側の、とあるドアの前までくると、召し使いはそれをあけた。と、いきなり煌々《こうこう》たる黄色の光が私たちにむかってあふれてき、その光輝のまんなかに、ひとりの小柄な男が立っているのが見えた。背は低いのに、ひたいだけはひときわ高く秀でていて、そのまわりを、赤くこわい毛がぐるりととりまいている。そしてその髪の輪の中心から、さながら樅林《もみばやし》からそびえでた、とがった山頂よろしく、禿げて、てかてか光った頭頂がのぞいている。立ったまま、しきりに揉み手をくりかえしていて、しかもその顔がまた、たえずぴくぴくとひきつったように動く——あるときは微笑、あるときは渋面《じゅうめん》、くるくると表情が移り変わって、いっときも止まることがない。生まれつき下くちびるがたれさがっているうえ、そこから黄色い乱杙歯《らんぐいば》がにょっきりつきでているのを気にしてか、本人はたえず手で顔の下半分をおおって、それを隠そうと甲斐ない努力をつづけている。禿頭がひどくめだつのにもかかわらず、年はまだ若いという印象を与えるが、事実、やっと三十になったばかりだということが、やがてわかってきた。

「恐縮です、モースタンさん」かぼそく、かんだかい声で、男はしきりにそうくりかえしていた。「恐縮です、紳士がた。どうかわがささやかなる聖所へお通りください。まことにちっぽけな居場所ではあるが、それでもすべてはわたしの好みどおりにしつらえてある。南ロンドンというこの殺伐たる砂漠のなかの、これはひとつの芸術のオアシスなのです」

私たちは三人とも、請じ入れられた部屋のたたずまいに一驚した。この見すぼらしい家のなかで、ここだけは、さながら真鍮《しんちゅう》の台にはめこまれた、第一級のダイヤモンドのごとく場ちがいに見えた。このうえもなく豪奢《ごうしゃ》で、どっしりと光沢を帯びたカーテンやタペストリーが壁面をおおい、それらがところどころで束ねられて、みごとな額縁におさめられた絵画や、東洋の花瓶などをのぞかせている。黒と琥珀色のカーペットは、厚く、やわらかく、なにやら苔の上でも歩いているように、ふかふかと足が沈みこむ。さらにその上には、二枚の大きな虎の皮が斜めに無造作に敷かれ、一隅のマットの上に据えられた巨大な水煙管《みずぎせる》と相俟《あいま》って、東洋ふうの贅《ぜい》を凝らした感じをいっそう強めている。部屋の中心には、鳩をかたどった銀のランプがひとつ、ほとんど目に見えぬくらいに細い黄金のワイヤでつるしてある。そのランプがじいじいと燃えると、それにつれて、えもいわれぬ馥郁《ふくいく》たる芳香が室内いっぱいにひろがってゆく。

「サディアス・ショルトーと申します」と、なおも顔をひきつらせたり、ほほえんでみせたりをくりかえしながら、小男は切りだした。「それがわたしの名です。こちらは、むろん、モースタン嬢ですね？　そしてこちらのお二方は——」

「シャーロック・ホームズ様、そしてドクター・ワトスンです」

「ドクター、そうおっしゃいましたか？」いきなり男は目を輝かせてそう叫んだ。「では、いま、聴診器をお持ちで？　ならばどうでしょう――ちょっと診ていただくわけにはいきませんか？　僧帽弁《そうぼうべん》がひどく悪くなっているという懸念があるのです。ぶしつけですが、ぜひお願いしたいのですよ。大動脈弁のほうは、まあまあだいじょうぶだと思うのですが、僧帽弁について、お診たてのほどをぜひうけたまわりたいので」

　請われるままに、私は聴診器で男の心臓を診察してやったが、これといって異状はうかがわれない。かりにあったとすれば、それはこの男が極度の不安にわれを忘れて、頭から足の先まで、わなわなふるえっぱなしだったということぐらいだろう。

「正常のようですね」私は言った。「心配なさることはなにもありませんよ」

「ぶざまなところをお目にかけて、失礼しました、モースタンさん」男は一転して快活な調子で言ってのけた。「とにかく、いろいろと厄介な病気持ちでして、僧帽弁のことは、前々から不安に思っていたんです。いまそれが根拠のない不安と言っていただき、おおいにほっとしましたよ。いやまったく、モースタンさん、あなたのお父上にしても、あれほど心臓に過大な負担をかけておられなければ、いまごろはまだご存命だったかもしれません」

　私は男の横っ面を張りとばしてやりたかった。これほどデリケートな問題を、かくも無造作に、無神経に持ちだす男の態度が、私には我慢ならなかったのだ。はたせるかなモースタン嬢は、力なくその場に腰をおろしたが、顔を見れば、くちびるまで真っ青になっている。

「父はもうこの世のひとではないって、心の底ではずっとわかっておりましたわ」と言う。「しかもそ
「事情はなにもかもわたしからお伝えします」サディアス・ショルトーは言った。「しかもそ

れだけじゃない、あなたに正当な償いをしてさしあげられますし、また、してさしあげるつもりでもいるのです――たとえ兄のバーソロミューがなんと言おうともね。それにしても、こちらのお友達ふたりがついてきてくださって、好都合でした。お嬢さんの護衛役というだけでなく、立会人にもなってもらえますから――これからわたしがしたり、言ったりしようとすることの。ここでこの三人[1]が手を結べば、兄のバーソロミューにも、臆せずぶつかっていけるというもの。とはいえ、局外者はお断わりしたい――警官だの、役人だの、そのての連中はね。外部からの干渉なしに、問題はわれわれのあいだだけで、万事満足のゆくようにまとめられるはずなんです。兄のバーソロミューがなにより嫌うのは、事がおおやけになることなんですから」

　彼は低い長椅子に腰をおろすと、弱々しくうるんだ水色の目をぱちぱちさせて、私たちの反応をうかがった。

　ホームズが言った。「ぼくとしては、あなたがなにを言おうとしておられるにせよ、それを他言することはしませんよ」

　私もうなずいて同意を示した。

「それでいい！　それで結構！」と、この家のあるじは言った。「ではそういうところで、モースタンさん、キャンティでも一杯いかがです？　それとも、トカイワインのほうがいいですか？　ほかのワインは置いていないのです。一本、あけましょうか？　いらない？　ではわたしはお許しを願って、煙草をやらせていただきます――東洋の煙草特有の、バルサムに似た香りがきついですが。いささか神経質なたちだもので、この水煙管はまたとない鎮静剤になってくれるのですよ」

彼が小蠟燭《ころうそく》を煙管の大きな火皿にあてがうと、まもなく、煙が薔薇水《ばらすい》のなかでぼこぼこと心地よげな音をたてだした。私たち三人はその周囲を半円形にとりまいてすわり、それぞれ手にあごをうずめ、ぐっと前へのりだした姿勢をとった。いっぽう、その風変わりな、動作にも円滑さを欠く小男は、半円の中心で高いひたいをてらてら光らせつつ、落ち着かなげに水煙管をふかしつづける。

「このたびはじめにご連絡をさしあげることを思いたったとき」と、彼は語りはじめた。「手紙に当方の住所を明記すればよかったのでしょうが、ひょっとしてお嬢さんがこちらのお願いを無視され、あまり好ましくないやからをお連れになると困ると思ったわけです。そこで、勝手ながらこういう方法をとらせていただき、使いのウィリアムズにも、まずじっくりとみなさんのごようすを見定めさせることにしました。あの男の判断力には、全幅の信頼をおいておりますのでね。そして言い含めたわけです——見ての結果があまり思わしくなければ、それ以上は踏みこまず、黙ってひきかえしてくるように、と。こういう用心をしましたこと、まずはお許しいただきたい。ただ、このわたし、どちらかというとひとづきあいが苦手な人間で、まああえて言えば、〝洗練〟と〝趣味〟とに生きる身。そういう身にとって、警官以上に美的でない存在はありませんから。なんであれ、粗野で、実利主義的なものには、ふるふる虫酸《むしず》が走るという生まれつき、がさつな大衆に立ちまじることなど、めったにありません。ごらんのとおり、ささやかながら優雅な雰囲気につつまれて暮らしておりまして、そういう意味では、芸術の守護者《パトロン》と自称してもさしつかえなかろうかと。美術には目がない、それがわたしという人間なのでして。たとえばあそこにある風景画は、正真正銘、コロー[2]の真作ですし、こちらのサルヴァトール・ローザ[3]については、あるいは鑑定家には留保をつけられるかもしれませんが、こっちのブーグロー[4]については、いささかの疑問もありません。わたしは近代フランス派をとりわけ好むものなのです」

「お話しちゅうですけど、ショルトー様」と、ここでモースタン嬢がたまりかねたように言った。「なにかわたくしにお話しになりたいことがあるとおっしゃいますので、それをうかがうため、こうしてお呼び出しに応じてまいったのでございます。もう時間もたいそう遅うございますし、お話はなるべく早く切りあげていただきたいのですけど」

「いや、せいぜい急いだとしても、これにはけっこう時間がかかるのですよ」ショルトーは答えた。「というのも、いずれわたしどもはそろってノーウッドまで出かけて、兄のバーソロミューと対決せねばならぬ段どりになるだろうからです。一同打ちそろって出かけていって、兄を説得する試みをしなきゃならない。わたしが正しいと思ってやっていることにたいし、兄はたいへん立腹しておりましてね。ゆうべも兄と激しい言い争いをしたばかりです。いったん怒りだすと、兄がどれほど厄介な相手になるか、みなさんにはとても想像がおつきになりますまい」

「ノーウッドへ行くのだったら、なおのこと、いますぐ出かけたほうがいいんじゃありませんか？」私は思いきって言ってみた。

すると彼はいきなり笑いだし、耳たぶまで真っ赤にして笑いころげた。

「それがそうはいかんのですよ」と、笑いに声をひきつらせながら言う。「そんなふうにだしぬけにあなたがたをお連れしたら、兄がいったいなんと言うことやら。とにかく、その前にまずおたがいがどういう立場にいるのか、それをみなさんにはっきりのみこんでおいていただく必要がある。まず知っておいていただきたいのは、この話にはかく言うわたし自身、まだ知らずにいる点がいくつかあるということ。ですからね、いまはとりあえずわたしの知っているかぎりの事実、それからお話しするしかないのです。

もうお察しかと思いますが、わたしの父はジョン・ショルトー少佐、かつてインド駐屯軍に所属していましたが、十一年ほど前に退役して、アパー・ノーウッドの〈ポンディシェリ・ロッジ〉に住まうようになりました。インド時代に一財産つくりまして、帰国するときには、すくなからぬ金額の金と、おびただしい値打ちものの骨董品の数々、それに現地人の召し使いもひととおりそろえたうえで、まあ凱旋してきたわけです。帰国後は、潤沢な資金にものをいわせて、気に入った家を購入し、ずいぶんと贅沢な暮らしをしてきました。ちなみに、子供は、双子の兄のバーソロミューと、かく申すわたし、ふたりだけです。

モースタン大尉が消息を絶たれたときの騒ぎは、わたしもよく覚えています。詳しいことは新聞ですっかり読み、大尉がうちの父の友人であったことを知って、われわれ兄弟は父の面前でも、忌憚《きたん》なく事件のことを論じあいました。われわれがあれかこれかと事の真相についての臆測を並べたてると、父もよく議論に加わりましたよ。ですからね、その父が事件の秘密を胸《きょう》奥《おう》深く隠し持っているなどとは――父こそがアーサー・モースタンのその後の運命について知る、この世で唯一の人間であるなどとは――われわれ兄弟としては夢にも思っていなかったわけなのです。

それでも、気づいていたことはありました――なにか得体の知れぬ謎が、なんらかの否定しえない危険が、父をおびやかしているということです。父は単独で外出することをひどく恐れましたし、〈ポンディシェリ・ロッジ〉では、常時、プロのボクサーをふたりも門番として雇っていました。今夜、みなさんを馬車でお連れしたウィリアムズも、そのひとりでして、かつてはイングランドのライト級チャンピオンだった男です。いったいなにを恐れているのか、父はわれわれ兄弟にはけっして語ろうとしませんでしたが、それでも、木の義足をつけた男をなにより忌み嫌っている、このことは傍目《はため》にもはっきりしていました。一度は、木の義足の男を実際にリボルバーで撃ってしまったこともありますが、じつはその男、戸別訪問で注文をとってまわる、ただの無害な商人でしてね。揉み消しのために、ずいぶんと金を使わされたものです。兄もわたしも、この事件を父のちょっとした気まぐれのあらわれ、みたいに思っていたのですが、そのうち、この見解も改めざるを得なくなりました。

一八八二年の初めのころでしたが、インドから父のもとへ一通の手紙が届きました。これが父にはおそろしいショックだったようで、実際、それを開封した朝食の席では、あやうく卒倒しかけたほどでして、以来、病の床につき、回復せぬままに亡くなったのです。手紙になにが書かれていたのか、われわれ兄弟はついぞ知ることができませんでしたが、ただ、父がそれを手にしているときにちらりと見えたかぎりでは、短いなぐり書きの文章のようでした。それまで父は、長らく脾臓《ひぞう》肥大症をわずらっていたのですが、このとき以来、それが一気に悪化して、四月の末には、もはや見込みはないと、ついては父がわれわれ兄弟に最後の言葉を伝えたがっていると、そう知らされたわけです。

父の病室へ行ってみますと、父は枕にもたれて半身を起こし、ぜいぜいと荒い息をしていました。ふたりの顔を見るなり、頼むからドアをロックしてくれと言い、そのあと、ふたりをベッドの左右に呼び寄せました。そしていきなりふたりの手をむんずとつかみ、ある驚くべき話を始めたのです。声は、病苦からだけでなく、高ぶった感情からも、ひどくしゃがれて、聞きとりにくいほどでした。これからその話を、なるべく父の語ったとおりの言葉でお伝えしようと思います。

『このいまわのきわになって』と、父は切りだしました。『わしにはただひとつ、心にかかっていることがある。ほかでもない、あのモースタンの遺した娘にたいする仕打ちのことだ。忌まわしい貪欲《どんよく》の罪、これは生涯わしにつきまとってきた罪深い業《ごう》だが、この欲がわしをがんじがらめにして、あの娘に宝を——すくなくとも半分はあの娘のものであるべき財宝を——分かち与えるのを躊躇《ちゅうちょ》させてきた。といっても、それで自分の身を飾りたいとか、そんな気持ちからではない。すべては欲深い心のなせるわざ——げに強欲ほど愚かしい、盲目的な衝動はないな。たんに所有しているというだけでうれしくて、ほくほくする気持ち、それが強すぎて、他人とそれを分かちあおうという気になれんのだ。あのキニーネの瓶のそばに、真珠で飾ったロザリオがあるだろう？　あの娘に送ってやるつもりで、出しておいたんだが、それさえも手ばなすのが惜しくなってしまった。いいか、息子たち、おまえたちは父に代わって、〈アグラの財宝〉の正当な取り分を彼女に分けてやってくれ。ただし、いまはまだだめだ――あのロザリオすら、送るのは許さん――送るのは、この父が逝ってからにしろ。なんてったって、いまのわしほどに重い病状に陥っても、それでも回復したという例ならいくらもあるんだからな。

　モースタンの死んだときの事情をこれから話して聞かせよう』父は言葉を継ぎました。『あの男、長年、心臓をわずらっていたのだが、それをだれにも隠していた。知っていたのはこのわしだけだ。で、インドにいたころだが、あの男とわしは、信じられぬような出来事がいろいろ重なったあげく、すくなからぬ財宝を手に入れることになった。退役後に、わしがそれを持ち帰ったわけだが、モースタンはあの晩、帰国したその足でまっすぐここへやってきて、自分の取り分を要求した。駅からここまで歩いてきて、それをわが家の忠実なラル・チャウダルじいやが請じ入れ、わしに取り次いできた――このじいやもその後に死んだがね。ともあれ、肝心の財宝の配分をめぐって、モースタンとわしは意見が食いちがい、やがて激しい口論になった。激昂したモースタンは、いきなりがばと椅子から立ちあがったんだが、とたんに手で脇腹をおさえると、みるみる顔が土気色になって、仰のけざまに倒れてしまったんだ。そしてそのはずみに、頭が財宝を入れた櫃《ひっ》の角にぶつかり、ぱっくり割れた。あわててかがみこんでみると、ぞっとしたことに、もはや息がない。

　それからしばらく、わしは茫然自失してすわりこんでいた。いったいどうしたものかと、心はただ思いまどうばかりだ。むろん、助けを呼ばねば、とはまず真っ先に考えたが、状況を思いめぐらしてみると、当然このわしに殺人の疑いがかかってくることに思いいたらぬわけにはいかない。口論のさいちゅうの死、ざっくり割れた頭の傷、わしには不利なことばかりだからな。なおそのうえに、官憲の調べを受けるとなると、なににもまして秘密にしておきたい財宝のことが、いやでも明るみに出てしまう。モースタンは、自分がここへきたことはだれひとり知らない、そう言っていた。ならば、いまさらそれを世間に知らしめる必要があろうか。

なおもあれかこれかと思い悩みながら、ふと顔をあげてみると、召し使いのラル・チャウダルが部屋の戸口に立っている。彼はそっとすべりこんでくると、ドアにかんぬきをかった。そして言う。「ご心配なさいますな、旦那様《サーヒブ》。このお客様を手にかけられたことなど、だれにも知らせるには及びません。さっさとかたづけてしまいましょう。そうすれば、だれが気がつくものですか」

「わしが手にかけたんじゃない」抗弁してみたが、ラル・チャウダルはにんまり笑って、首を横にふるばかりだ。

「おや、わたくしはなにもかも聞いてしまいましたのですよ、旦那様。言い争っておられるのも聞こえたし、殴りつけるのも聞こえた。ですがね、このとおりわたくしの口にはしっかり封がしてございますし、家のものもみんな寝静まっております。さあ、ごいっしょに、早いところ始末してしまいましょう」

こう言われて、わしも肚《はら》が決まった。わしが手をくだしたのではないということを、長年の使用人でさえ信じてくれぬのであれば、陪審員席に阿呆面を並べた、十二人の頑固な商人どもふぜいを相手に、どうして身のあかしなどたてられようか。という次第で、わしはラル・チャウダルとふたり、その夜のうちに死体を始末し、そしてそれから数日後には、ロンドンの新聞各紙が、いっせいにモースタン大尉の不可解な失踪について書きたてていた。事件に関して、このわしにはやましい点などほとんどないこと、それはいま話したことからわかってくれると思う。ただひとつ、わしに咎《とが》ありとすれば、それは死体だけでなく、財宝までも隠し持ったままでいたということ、そして自分の取り分以外に、モースタンの取り分にまで執着して、手ばなすのを拒んできたこと、これだけだ。したがってわしとしては、おまえたちにその償いを頼みたい。さあふたりとも、ちょっと耳を貸せ。財宝が隠してあるのは──』

と、まさにこの瞬間に、父の表情におそろしい変化があらわれました。目はくわっと見ひらかれ、あごは落ち、口からは悲鳴がほとばしる──いまにいたるも、あの声は耳について離れません。『あいつをつまみだせ！　後生だ、あいつを追っぱらってくれ！』驚いて、われわれ兄弟はそろって父の睨《にら》みつけている窓のほうをふりかえった。見れば、まさしく外の暗がりから、こちらをのぞきこんでいる顔がひとつ。窓ガラスに押しつけられた鼻の先が、白くなっているのもありありと見える。顔じゅうひげでおおわれたむさくるしい顔で、残忍そうな、狂気じみた目つき、悪意が凝り固まったような表情。兄もわたしも、あわてて窓ぎわに駆け寄りましたが、顔の主はすでに姿を消してしまっています。やむなくまた父のベッドにもどったときには、すでに頭はがくりとたれ、脈搏《みゃくはく》も停止していました。

その夜、わたしたちは庭じゅうを捜索しましたが、侵入者は影も形もなく、わずかに窓の下の花壇に、足跡がひとつ認められたきりでした。このたったひとつの足跡さえなければ、わたしたちも、そのとき見た恐ろしい、凶暴な顔の一件は、すべてこちらの気のせいだったと考えていたことでしょう。ですがすぐに、それとはべつの、さらに顕著な徴候があらわれて、わたしたちの周囲でなにやら目に見えぬ力がうごめいているらしい、そう思い知らされるにいたったのです。なんと、朝になってみると、父の部屋の窓があけはなしになっていて、戸棚や収納箱の類《るい》が残らずひっかきまわされたうえ、遺体の胸に、なにか紙切れが留めつけてあるのが見つかりました。紙片には、こんな文言がなぐり書きされていました――〈四の符牒《ザ・サイン・オブ・ザ・フォー》〉。これがなにを意味するものか、また、夜中にこっそり忍びこんだのがいったい何者なのか、われわれ兄弟にはついぞわかりませんでした。ふたりの見たかぎりでは、父の持ち物は実際にはなにひとつ紛失してはいないようでしたが、それでいて、あらゆるものにひっかきまわされた痕跡がある。兄もわたしも、当然のようにこの奇妙な出来事を、生前の父につきまとっていた不安と結びつけて考えたものですが、それにしても、それがいったいどこからきた不安なのか、その点はいまにいたるも、完全に謎のままなのです」

ここで小男はいったん口をつぐむと、水煙管に火をつけなおし、しばらく思案げにふかしつづけた。私たち三人も、彼の語る尋常ならざる物語にすっかりひきこまれていたから、話がとぎれても、ただしんとしてすわっているきりだった。非運の大尉の最期の模様が手みじかに語られたときには、モースタン嬢はみるみる血の気をなくして、紙のように蒼白になり、見ていた私もちょっとのあいだ、彼女が気を失うのではないかと懸念したほどだった。けれども、私がサイドテーブルにあったベネチアンガラスの水差しから、そっとグラスに水をついで渡すと、それを飲んで、どうにか気をとりなおしたようだった。いっぽうシャーロック・ホームズはと見れば、椅子の背に深くもたれて、いつもの放心したような表情を浮かべ、細めたまぶたの下に、炯々《けいけい》たる眼光を隠している。そのようすをちらっと見やりながら、私がつい思いだしてしまったのは、まさにそのおなじ日の朝、彼が凡々たる人生についてしきりにぼやいていたということだった。さいわいここには、すくなくとも彼の知力を最大限に発揮させるにふさわしい難問がありそうだ。そしてサディアス・ショルトー氏本人は、自分の語った物語の効果を誇るかのように、そんな私たち一同を順ぐりに見くらべながら、とびきり大きな水煙管を、得意げにぷかぷかやっている。

やがて彼はつづけた。「当然お察しがつくでしょうが、父から聞かされた財宝の存在には、兄もわたしもたいそう心をそそられました。その後、数週間から数カ月もかけて、そのありかをつきとめようと、庭じゅうくまなく掘りかえしてみたのですが、そんなものはどこからも出てきません。それにしても、父がその隠し場所を打ち明けてくれようとしたまさにその瞬間にこときれてしまった、これはかえすがえすも心残りでした。父がひとつだけとりだしておいたというロザリオ、そのみごとさだけを見ても、失われた財宝の価値はじゅうぶん想像がつきます。で、そのロザリオですが、そのことで兄とわたしはちょっとした言い合いをしました。使われている真珠は、明らかに非常な値打ちものですから、ゆえに兄はそれを手ばなしたがらない。というのも――これはまあここだけの話ですが――兄もまた父の貪欲という罪業《ざいごう》をいくらか受け継いでおりましてね。それで、父同様、こんなふうに考えるわけです――われわれがそれを手ばなせば、そのことがいつかうわさの種になり、ひいてはわれわれ兄弟を面倒事に巻きこみかねない、と。どうにか兄を説き伏せて、モースタン嬢の居場所をつきとめ、ロザリオからとりはずした真珠を、一定の間隔をおいて一粒ずつ彼女に送り、せめて彼女が貧困に苦しむことだけはないようにしてさしあげる、これがわたしにできるせいいっぱいのことでした」

「ご親切、ほんとうにありがたく存じますわ」モースタン嬢が心をこめてそう言った。「お心遣いには、深く感謝しております」

　小男はそれを打ち消すように手をふってみせた。

「いわばわれわれはあなたの管財人だったわけでして」と言う。「つまりわたしとしては、自分の立場をそのように受けとめてきたのです――あいにく兄のバーソロミューは、必ずしもそういうふうには考えないようですが。もともとわれわれ兄弟は、ずいぶんと資産には恵まれておりまして、これ以上はほしいとも思わないし、ましてや、お若いご婦人にたいしてそういうけちな所業を働くのは、はなはだ趣味がよろしくない。〝悪趣味は罪のもと《ル・モーヴェ・グ・メヌ・オ・クリム》〟。言いえて妙です――こういうことを言うのに長《た》けていますな、フランス人は。

　で、まあそのうち、われわれ兄弟のあいだで、この問題をめぐる意見の相違があまりに大きく、対立が避けられなくなってきましたので、わたしも腹をくくって、べつに居を構えることに決め、あの老キトマトガーとウィリアムズだけを連れて、〈ポンディシェリ・ロッジ〉を出たわけです。ところが、きのうになって、ある非常に重大な出来事が起きたのを知らされました。問題の財宝が発見されたというのです。そこでさっそくモースタンさんにご連絡をさしあげ、あとは、これから一同打ちそろってノーウッドへ向かい、お嬢さんとわたし、ふたりの取り分を要求するばかり、という段どりになったわけです。こちらの目論見は、ゆうべ兄のバーソロミューにも伝えておきましたので、いまから行けば、われわれの訪問を歓迎はしてくれないまでも、待っていてくれることだけは確かです」

語りおえたサディアス・ショルトー氏は、顔をぴくぴくさせながら、贅を凝らした長椅子にすわりなおした。私たちほかの三人も、しばらく黙ってすわったまま、この不思議な一件がいまや新たな展開を示したことを思いめぐらしていた。ややあって、だれよりも先にすっくと立ちあがったのが、わがホームズだった。

「あなたのとられた行動は、終始、申し分のないものでした」と言う。「ですから、ささやかながらそのお返しに、こちらであなたのまだご存じない事柄に多少の光をあててさしあげられるかと思います。ですが、いま現在は、さいぜんモースタンさんも言われたように、もはや時刻も遅いことですし、さっそくにも問題の解決につながる行動を起こすべきでしょう」

そう聞くと、この家の主人はことさらていねいにゆっくりと水煙管の管を巻きおさめ、そのうえでやおらカーテンの奥から、アストラカンの襟とカフスのついた、とびきり裾長の、肋骨《ろっこつ》飾りつきの合いコートをとりだした。ことのほか蒸し暑い夜だというのに、その長いコートのボタンを襟もとまできっちり留めてしまうと、さらに身支度の総仕上げとして、毛皮の耳おおいのついた兎革のキャップまでかぶった。そのため、全身がすっぽりくるまれて、見えているのはその落ち着きのない、やつれた顔だけになった。

「わたし、いささか蒲柳《ほりゅう》のたちでしてな」と、先に立って廊下へ出ながら言う。「恥ずかしながら、つねに半病人よろしく、用心せざるをえないのです」

馬車は外で待っていて、しかも事前に打ち合わせがしてあったと見え、一同が乗りこむやいなや、矢のように走りだした。サディアス・ショルトーはひっきりなしにしゃべりつづけていて、その声が車輪のがらがらという音をおさえて高く耳に響いた。

「バーソロミューは、あれでなかなか頭の切れる男です」と言う。「どうやって財宝のありかをつきとめたと思いますか？ どう考えても、それは家のなかのどこかにあるはずだ、そういう結論に達しましてな。さっそく、家全体の容積を割りだすことにかかったわけです。家じゅうくまなく、一インチたりとも測り残しのないように、隅々まで徹底的に寸法をとってまわった。するとまずなによりも、建物の高さは七十四フィートあるのに、各階の部屋それぞれの天井までの高さを合計し、さらに階と階とのあいだの空間の距離――これは床に孔《あな》をあけることで確かめたわけですが――それまで足しあわせても、七十フィート以上にはならないということがわかった。その差四フィートの行方や如何《いか》に。どう考えてもその分は、建物のてっぺんにしか持ってゆきようがない。そこで、最上階の部屋の天井の木摺《ラス》りと漆喰《しっくい》とを切りとってみたところ、はたせるかな、その上に、べつの小さな屋根裏部屋が見つかった――しっかり塗りかためられて、これまではだれも気がつかなかったスペース。そしてその屋根裏の中央、二本の梁の上に、財宝の櫃が安置されていたというわけです。いまはそれ、天井裏からおろして、そのまま部屋に置いてありますが、兄の見たところ、財宝の値打ちは、ざっと五十万ポンドがとこはくだらないということです」

聞かされた金額のあまりの巨額さに、私たちはいっとき驚きに目をみはり、たがいに顔を見あわせるばかりだった。もしもわれわれの力で、モースタン嬢の権利を動かぬものにしてやれるのであれば、彼女は即日、つましく暮らす一介の家庭教師から、わがイングランドでも最高に富裕な女相続人に変身できるのだ。忠実な友であれば、かかる朗報にはわがことのように喜んで然るべきだろう。なのにこの私の身内には、恥ずかしながら、身勝手な妄想がどっとあふれだし、心はまるで鉛のように重くなるばかり。口ごもりつつ、言葉すくなに、彼女への祝詞らしきことをつぶやいてしまうと、そのまま片隅にひっこんで首うなだれ、しゃべりつづける目前の新たな知己《ちき》の饒舌《じょうぜつ》を、ただうわのそらで聞き流すのみだった。

その男、明らかに根っからの心気症《ヒポコンデリー》患者であり、これが自分の症状を果てもなくだらだらと並べたてるかと思えば、数々のいかがわしい特効薬と称するもの――そのうちのあるものは、げんに革のケースに入れて持ち歩いていた――の成分やら、効能やらについて、この私に根掘り葉掘り問いかけてきたりするのを、こちらは夢のなかにいるようにぼんやり聞いているだけだ。いま思えば、その晩、私が彼の問いに答えて口にした頼りない返答、それを向こうがきれいに忘れていてくれればよいのだが。なにしろ、ちらっとホームズの耳にはいったところによれば、なんとこの私、ひまし油を一度に二滴以上服用するのはきわめて危険だと念を押してみたり、かと思うと、ストリキニーネを鎮静剤として、大量に服用することを推奨したりしたというのだから。なにはともあれ、やがて馬車ががたんと揺れて停まり、御者《ぎょしゃ》がとびおりて、扉をあけてくれたときには、心底から救われた心地がしたことは確かだ。

「さあ、モースタンさん、いよいよ〈ポンディシェリ・ロッジ〉に着きました」そう言いながらサディアス・ショルトー氏は、彼女に手を貸して、馬車から助けおろした。

(1) ショルトーが〝三人〟と言うのは、だれとだれをさすものか不明。モースタン嬢だけを同盟者と見なすのであれば、〝二人〟、ホームズとワトスンをも加えるなら〝四人〟のはず。

(2) ジャン＝バティスト・カミーユ・コロー(一七九六―一八七五)は、フランスのバルビゾン派に属する風景画家。

(3) サルヴァトール・ローザ(一六一五―七三)は、イタリアの画家。また詩人、音楽家、俳優。劇的な山景や海景を主題とした作品を得意とし、いわゆる〝ロマン主義〟風景画の形成に重要な役割を果たした。

(4) アドルフ・ウィリャム・ブーグロー(一八二五―一九〇五)は、フランソワ・エドゥワール・ピコー(一七八六―一八六八)に学んだフランスの画家。折衷的アカデミズムの画風を持つ。

5 〈ポンディシェリ・ロッジ〉の惨劇

私たちがこの一夜の冒険の最後の舞台となる家に到着したのは、かれこれ十一時になろうというころだった。重苦しく大都会をおおった湿っぽい霧とおさらばして、いまはけっこう晴れわたった夜空が頭上にひろがっている。暖かい風が西から吹いてきて、厚い雲がゆるゆると空を流れ、その切れ間からは、ときおり半月ものぞく。かなりの距離まで見通しのきく明るさだが、サディアス・ショルトーは、わざわざ馬車の側灯のひとつをとりおろし、一行の足もとを照らしてくれた。

〈ポンディシェリ・ロッジ〉というのは、広い敷地のなかに建った家で、敷地の周囲には、てっぺんにガラスの破片を植えた、ひときわ高い石塀がめぐらされていた。その石塀に、出入り口らしいものといっては、がっちり鉄のかんぬきがかかった幅の狭い扉が一ヵ所だけ。私たちを案内してきた男は、その扉に近づくと、郵便配達人のするような独特の調子で、こつ、こつとノックした。

「どなたさんかね？」扉の向こうから胴間声《どうまごえ》が聞こえてきた。

「わたしだよ、マクマードー。わたしのノックぐらい、もう覚えていてくれてもよさそうなものだが」

なにやらぶつぶつ言う声がして、鍵束をじゃらつかせる金属音が響いた。扉が重たげに内側にひらくと、あらわれたのは、ずんぐりした、胸板の厚い男。手にした角灯の黄色い光のなかに、前へつきだしぎみの顔と、猜疑《さいぎ》の色もあらわに、暗く光る金壺眼《かなつぼまなこ》が浮かびあがった。

「おや、あなたでしたか、サディアス様。ですが、そのお連れのかたはどなたで？　旦那様からは、お連れのかたのことはなにも聞かされておりませんが」

「聞いていないって、マクマードー？　これは驚いた！　ゆうべはっきりと兄貴に言っといたんだが――友達を二、三人、連れてくると」

「きょうはずっとお部屋にこもられたきりでしてね、サディアス様。なにもお言いつけは聞いておりませんので。ご存じのとおり、あたしは何事もお言いつけどおりにしなきゃならない。あなたはお入れしますが、お連れのかたは、そこからなかへはご遠慮願います」

これは思いもよらぬ障害だった。サディアス・ショルトーもすっかり途方に暮れて、弱りきったようすであたりを見まわすばかり。

「しかし、この扱いはひどいぞ、マクマードー！」と訴えかける。「このわたしがこちらのみなさんの身元は保証すると言ってるんだから、おまえにはそれでじゅうぶんだろうが。おまけにこちらにはお若いご婦人もおいでだ。夜もこんな時間になって、往来に立たせたままでお待ち願うわけにはいくまい？」

「お言葉ですが、サディアス様」門番はかたくなに言い張った。「みなさんはあなたのお知り合いかもしれないが、うちの旦那様のお知り合いというわけじゃない。旦那様はあたしが忠実に務めを果たすことを期待して、結構な給金をくださってるんで。だからこっちもきちんと務めは果たす。お連れのかたがたのことは、あたしの与《あずか》り知らないこってす」

「いや、それはちがうぞ、マクマードー」いきなり朗らかに言ってのけたのは、わがシャーロック・ホームズだった。「まさかこのぼくを見忘れたんじゃあるまい？　四年前、アリスンのクラブでひらかれた、おまえの引退記念の義捐《ぎえん》興行のとき、第三ラウンドまでおまえと互角に打ちあったアマチュア、覚えていないかね？」

「あっ、これは、シャーロック・ホームズさんじゃないですか！」元プロボクサーは驚きの声をあげた。「こりゃたまげたな！　なんで旦那を見忘れていいもんですかい。黙ってそんな暗がりにひっこんでないで、さっさとここまで出てきて、このあごの下にクロスのパンチでも一発、見舞っていてくれりゃよかったんだ。そうすりゃ、たちどころに思いだしてたでしょうに。ああ、でも、こう見たところ、旦那もせっかくの宝を持ち腐れにしたくちだね！　プロでやってたら、けっこういいところまで行けたはずなんだが」

「どうだいワトスン、かりに仕事をぜんぶしくじっても、まだぼくには、こういう専門的技能で身を立てる道が残されてるってわけだ」ホームズは笑いながら言った。「さあ、これでもうこの御仁《ごじん》も、われわれをこんな吹きさらしに立たせとくことはしないだろうよ」

「もちろんでさ、どうぞはいっておくんなさい——旦那も、お連れのかたも、さあどうぞ」そして男は謝った。「申し訳ありませんでしたな、サディアス様。ですが、とにかく日ごろのおいいつけがきびしいもんですから、あなたのお連れだからといって、おいそれと入れてさしあげるわけにゃいかなかったんでさ」

門内にはいると、そこには砂利道が一本、物寂しい敷地のなかを曲がりくねりながらつづいて、その先に、四角くてふぜいのない、巨大なかたまり然とした建物がそびえたっていた。建物全体が暗がりに沈み、ただ一筋の月光がその一角に落ちて、天窓のひとつをちかちか照らしているきりだ。建物のなみはずれた大きさが、その暗鬱さや、死のような静かさと相俟《あいま》って、見るものにある種のおぞましさを覚えさせずにはいない。サディアス・ショルトーまでがひどく落ち着きをなくしているようで、角灯が手のなかでふるえて、かたかた音をたてている。

「どうも腑に落ちない」と言う。「なにか行きちがいがあったとしか思えません。われわれが訪問することは、バーソロミューにはっきり言っておいたはずなのに、いま見れば、彼の部屋の窓にも、明かりひとつ見えない。いったいこれをどう受け取ったらいいものやら」

「いつもこんなふうに警備を厳重にしておられるのですか？」ホームズがたずねた。

「ええ、父の習慣をそのまま見習っているのですよ。だいたい兄は父のお気に入りでしたからね――わたしなんかときどき、兄はわたしの聞かされていないことまで聞かされてるんじゃないか、なんて邪推したくなることさえあります。あそこの、いま月光があたっているところ、あれがバーソロミューの部屋の窓です。ずいぶん明るく見えますが、室内からの明かりじゃない、そう思いますね、わたしは」

「まさにね」ホームズも相槌《あいづち》を打った。「しかし、あの入り口のそばの小さな窓、あそこには明かりがちらちらしているようだが」

「ああ、あれは家政婦の部屋ですよ。バーンストンさんという年とった家政婦が、いつもあそこに詰めています。彼女に訊けば、事情がわかるでしょう。ただ、その前に二、三分、ここでお待ちいただけませんか。みんなでどやどやはいっていって、しかも向こうはわれわれのくることをなにも知らされていないとなると、きっと腰を抜かすでしょうから。しかし、いや、待てよ！　あの騒ぎはいったいなんだろう！」

彼は角灯を高く掲げた。手がふるえて、私たちの周囲一面に、光の輪がちらちらと躍ったり揺れたりした。モースタン嬢が無言で私の手首を握ってきた。そして私たちはそのままそこに立ちつくし、そろって胸をどきどきさせながら、耳をそばだてた。黒々とした巨大な家のなかから、夜のしじまを衝いて聞こえてくる音、それは世にも悲しげな、哀れをもよおさせる声だった——おびえきった女性の、かぼそく、とぎれとぎれのすすり泣き。

「バーンストンさんだ」と、ショルトーが言った。「この家には、女性は彼女しかいませんから。ここで待っててください。すぐにもどります」

急いで戸口へ行った彼は、さいぜんとおなじ独特のノックをした。背の高い老女が応対に出てくるのが見えた。ショルトーを認めて、とびあがらんばかりに喜んでいるようすも。

「まあ、サディアス様じゃありませんか。やれうれしや、よくぞおいでくださいました！　なんてありがたいこと、サディアス様、地獄に仏とはこのことですよ！」

老女が何度となく喜びと感謝の言葉をくりかえすのがしばらくは聞こえていたが、やがてドアがしまって、その声もつぶやくような単調な音となって消えていった。

ショルトーは角灯を私たちのもとに残していった。それを手にとったホームズは、その光でゆっくりとぐるりを照らしながら、鋭い目で建物をながめ、敷地の大半をふさいでいる大量のがらくたの山を観察していった。取り残されたかたちのモースタン嬢と私は、ふたり所在なげに立ちつくしていた。彼女の手は私の手のなかにあった。愛とはなんと不思議なもの、微妙に働くものだろう――いまここにこうしているふたりは、ついけさまでは会ったこともなく、言葉をかわすことはおろか、親愛の情を示すまなざしすらかわしたことがなかった。それが、わずか一時間ほどの冒険をともにするうちに、こうしてたがいの手が知らずしらず相手をもとめあうまでになっている。以来、今日《こんにち》にいたるまで、つねに縁《えにし》というものの玄妙さに打たれつづけてきた私だが、そのときは、こうして彼女に手をさしのべること、それこそがこよなく自然なことに思われたのだし、彼女のほうもまた、その後にたびたび語っているように、そのとき私に慰めと庇護をもとめる気持ちが、自然にめばえてきたのだという。という次第で、私たちふたりは、たがいに幼い子供のように手をつないでその場に立ち、そして心のうちは、周囲にうずまくなにやら不穏な、妖しげなものたちのなかにあって、ひたすら静かな平安に満たされていたのだった。

やがて彼女があたりを見まわしながら言った。「ずいぶん変わったところですこと！」

「まるで国じゅうのもぐらを集めてきて、ここに放したといった感じですね。以前、バララット(1)の近くの山の斜面で、いくらかこれに似たものを見たことがありますよ――金鉱の試掘者たちが掘りかえした跡でしたが」

「ここもおなじ理由からさ」ホームズがいきなり言った。「これこそ宝探しの連中が試掘をくりかえしてきたその跡だ。彼らが六年も財宝を探しつづけてきた、そう言ってたのを覚えてるだろう。敷地全体が砂利採取場みたいになってるのも当然だよ」

そのとき、入り口の扉がぱっとひらいて、サディアス・ショルトーがころがるように駆けだしてきた。両手を前につきだし、目は絶望的に見ひらかれている。

「バーソロミューになにか起きたようなんです！」と、叫びたてる。「ああ、いやな予感がする。わたしの神経にはとても堪えられない！」

まさしく恐怖に半狂乱になって、支離滅裂なことをわめきちらしているといったありさま。かさばったアストラカンの襟からつきでている顔も、弱々しくひきつって、おびえた子供よろしく、頼りなげな、すがるような表情を浮かべている。

「家にはいりましょう」ホームズが持ち前のきびきびした、力強い調子で言った。

「ええ、どうかお願いします！」サディアス・ショルトーが懇願する。「わたしにはもうあれこれ指示を出すだけの気力もないんです」

私たちはそろってショルトーのあとから家政婦の部屋にはいっていった。廊下の左手にある部屋で、室内では、先ほどの老女がこれまたおびえた顔で、こわばった指を曲げたり伸ばしたりしながら歩きまわっていたが、モースタン嬢の姿を一目見るや、いくぶん気分が静まったようすだった。

「やれありがたや、お嬢様のそのおやさしく、穏やかなお顔に、どうか神様のお恵みがありますように！」と、ヒステリックに泣きじゃくりながら言う。「そのお顔を見ただけで、心が静まりましたよ、おかげさまで。なにしろ、きょうは一日じゅう気をもみっぱなしで、生きた心地もしませんでしたので！」

モースタン嬢が私たちのそばを離れて老女のそばへ行き、その痩せた、家事に荒れた手をなでさすりながら、二言三言、思いやりにあふれた女らしい慰めの言葉をかけると、血の気の失せた老女の顔にも、ほんのり赤みがさしてきた。

「旦那様は、お部屋に鍵をかけてとじこもっておしまいで、いくら声をおかけしても、お返事すらありません」いくらか落ち着いたところで、老女は説明を始めた。「朝からずっと、いつお呼びがかかるかと、お待ちしていました。おひとりでとじこもってしまわれるのは、ちょくちょくあることなんです。でも、一時間ほど前になって、なにかまちがいでもあったんじゃないかと急に心配になりまして、お部屋まであがってゆき、鍵穴からのぞいてみましたんです。どうかサディアス様、お部屋へいらしてみてくださいーーご自分の目でごらんになってみてくださ い。もう十年も、うれしいにつけ、悲しいにつけ、バーソロミュー・ショルトー様のお顔はずっと拝見してまいりましたけど、あんなお顔、いまなさっているようなあんなお顔って、これまで見たこともございません」

シャーロック・ホームズがランプを手にとり、先に立った。サディアス・ショルトーは歯の根も合わぬようすで、がたがたふるえているきり。膝頭もがくがくして、いまにもくずおれてしまいそうなので、やむなく私が脇の下に手を添え、階段をあがるあいだ支えてやる始末。途中で二度、ホームズはポケットから手ばやく拡大鏡をとりだすと、階段に敷いてあるココ椰子のマットに残る、私の目にはただの形のないしみとしか見えない痕跡を、入念に検《あらた》めた。一段また一段、ランプを足もとすれすれにさしつけて、左右に油断のない目を配りながらあがってゆく。モースタン嬢だけは、おびえた家政婦ともども、階段の下に残った。

三つめの階段をのぼりきったその先には、まっすぐな廊下がしばらくつづいていた。右手の壁は、一枚のインド製の綴《つづ》れ織りの巨大な壁掛けにおおわれ、左側にだけ、三つのドアが並んでいる。ホームズは、おなじゆっくりした、意識的な足どりで、周囲に目を配りながら進んでゆき、ほかのふたりも、そのすぐ後ろをついていったが、背後の廊下に、長く、黒い影が尾をひいてのびていて、薄気味悪いことこのうえない。三番めのドアが、めざすドアだった。ホームズはノックをしたが、応答がないと知ると、ドアの把《と》っ手《て》をまわして、押しあけようとした。だが、室内側から錠がおりているうえ、ランプを近づけてみると、幅の広い頑丈なかんぬきまでかってあるのが見える。それでも、キーはまわりきっていず、鍵穴が完全にふさがっているわけではなさそうだ。シャーロック・ホームズがかがみこんで、それに目を近づけたが、とたんにはっと息をのんで、すぐさま立ちあがった。

「どうもいささかおぞましいものを見せられたようだよ、ワトスン」そう言う顔には、私もまだ見たことのない、激しい動揺の色があらわれている。「まあ見てみたまえ。きみはこれをどう思う？」

私も身をかがめて鍵穴をのぞいたが、一目見たとたん、あまりの無気味さに、つい逃げ腰になった。月光がさしこんで、室内はおぼろげな、不安定に揺れる光に照らしだされている。そのなかに、まっすぐこちらを見ている顔がひとつ——そこから下は暗がりになっているので、いってみれば宙に浮かんでいるかに見えるその顔——それこそはまぎれもない、私たちをここまで案内してきた男サディアスの、まさにその顔ではないか。高く禿《は》げあがった、てらてら光る頭、それを輪のようにとりまく赤くこわい髪、血の気のない顔、なにもかもそっくりそのままだ。ただし、こちらの顔はこわばって、無気味な微笑を浮かべている。その動かない、不自然に歯をむきだしたにやにや笑い——月光に照らされた静かな部屋のなかに見えるその笑顔は、どんな渋面《じゅうめん》や、ゆがんでひきつった顔よりも、見るものの神経を強く揺さぶり、不快感をかもしだす。それにしても、その顔があまりにもわれわれの同行者である小柄な男に酷似しているので、私はつい後ろをふりかえって、その男がまちがいなくそこにいることを確かめたほどだ。それからやっと、彼がこの兄とは双子だと言っていたのを思いだした。

「ひどいもんだ！」私はホームズに言った。「いったいどうしてああなったのかな？」

「とりあえず、このドアをなんとかしないと」そう言って、ホームズは体ごとドアにぶつかってゆくと、渾身の力で錠前を揺さぶった。

錠はぎしぎしときしんだものの、扉自体はびくともしない。そこでもう一度、今度は私も加わって、体当たりを試みた結果、ようやく扉がめりっという鋭い音もろとも、はじけとぶように向こう側へひらき、私たちはバーソロミュー・ショルトーの居室になだれこんでいた。

そこはどうやらある種の化学実験室としてしつらえられた部屋のようだった。入り口正面の壁ぎわに、ガラスの栓をした薬品の瓶が二列にずらりと並べられ、テーブルには、ブンゼン灯やら試験管、蒸溜器の類《るい》が所嫌わず置かれている。あちこちのコーナーに、柳の籠にはいった大型のガラスの耐酸瓶《カルボイ》。そのうちのひとつが、漏れるか、割れるかしているらしく、黒ずんだ液体がそこから糸をひいてしたたって、あたり一面、独特の、鼻につんとくる、タールに似た強い臭気が充満している。部屋のいっぽう、木摺りや漆喰《しっくい》のかけらが床に散らばっているそのなかに、脚立《きゃたつ》がひとつ据えられていて、その脚立の真上にあたる天井の一部が、人間ひとりが通り抜けられるくらいの大きさに切りとられている。脚立の足もとには、無造作にほうりだされた長いロープが一巻き。

テーブルのかたわら、木の肘かけ椅子のなかに、この家のあるじがくたっと体を丸めてすわりこんでいた。かしげた頭を左肩につけ、顔にはあの無気味な、謎めいた微笑。その姿勢のままでこわばった体は、すっかり冷たくなっていて、死んでからすでに長時間たっていることは明らかだ。私の見たところ、そんなふうに奇々怪々にねじまがり、ひきつっているのは、たんに顔面だけでなく、全身にその症状がひろがっているとおぼしい。テーブルに投げだした手の近くに、見るからに異様な道具がひとつ――褐色の、目の詰んだ木でつくった棒で、先端に石ころが槌《つち》の頭よろしく、荒縄で粗雑にくくりつけてある。さらにそのかたわらに、手帳から裂きとったらしい紙片が一枚――なにやら文字がなぐり書きされている。ホームズはそれを一読すると、紙片を私にまわしてよこした。

「ほら」と、意味ありげに眉をつりあげてみせながら言う。

角灯の明かりにそれを透かしてみたとたん、いわくいいがたい寒けが私の背筋を走り抜けた――〈四の符牒《ザ・サイン・オブ・ザ・フォー》〉(2)。

「驚いたな、いったいこれはなんの意味だろう」たずねてみた。

「殺人という意味さ」そう言いながら、ホームズは死人の上にかがみこむ。「ああ！　思ったとおりだ。見たまえ、ここを！」

彼がゆびさしているのは、黒っぽい色をした長い刺《とげ》のようなものだった。それが耳のすぐ上の皮膚に突き刺さっている。

「針みたいだな」と、私。

「針なのさ、まさに。抜いてみるといい。ただし、気をつけろよ――毒が塗ってあるから」

私は親指と人差し指でそれをつまみ、ひっぱってみた。楽々と抜けてきて、しかも皮膚には痕跡らしきものもない。わずかに、刺さっていた箇所にぽつんと一滴、血がにじんでいるだけだ。

「ますますもって奇々怪々だな。なにがなんだかさっぱりわからない」私は言った。「知れば知るほど、事態ははっきりするどころか、混迷の度を加えてゆくいっぽうだ」

「それは逆だよ」と、ホームズ。「刻一刻とはっきりしてきている。あとほんの二つ三つ、欠けている鎖の環が見つかりさえすれば、全体がぴたりとつながるんだ」

この部屋にとびこんできてからあと、私たちは連れの男の存在をほとんど失念していた。それまで彼は戸口に立ちすくんだきり、〝恐怖〟をそのまま絵に描いたように、しきりに手をもみしだいたり、低くうめいたりしているだけだった。それがいま、ふいにけたたましく、腹だたしげな声をふりしぼって叫びだしたのだ。

「宝の櫃《ひつ》がなくなっている！　強奪されたんだ！　ほら、天井に孔《あな》があるでしょう。あそこから、わたしも手伝って、この部屋に運びおろしたんです！　だからわたしなんですよ、最後に兄に会ったのは。ゆうべ別れたあと、兄がこの部屋のドアに錠をおろすのを、階段を降りる途中ではっきり聞いたんですから」

「それは何時ごろでした？」

「十時でした。それがいま、こうして兄が死に、警察が呼ばれてくるとなると、真っ先にこのわたしが、事件にかかわっていると疑われることになる。ええ、そうですとも、そうなるのは目に見えてますよ。ですがホームズさん、ワトスンさん、あなたがたはそうは思われませんよね？　わたしがやったんだとは、まさかお思いにはなりませんよね？　もしわたしがやったのであれば、わざわざおふたりをここまで案内してくるわけがない。ちがいますか？　ああ、どうしよう！　どうしたらいいんだろう！　いまにも気が狂いそうだ！」

彼はしきりに腕をふりまわし、地団駄を踏んだ。すっかり逆上して、ひきつけでも起こしたかのようなありさまだ。

「心配することなどなにもありませんよ、ショルトーさん」ホームズがその肩に手をかけながら、やさしくなだめた。「まあお聞きなさい。あなたはこれからすぐ馬車で警察へ行って、事件を届けでるのです。捜査にはあらゆる協力を惜しまない、そうも言っておやりなさい。おもどりになるまで、われわれはここでお待ちします」

小柄な男は、なかば茫然自失した面持ちで、この言葉にしたがった。まもなく、真っ暗な階段を彼がよろめきつつ降りてゆく足音が聞こえてきた。

（1）バララットは、オーストラリアのヴィクトリア州中南部にある都市。かつて金鉱採掘の中心地だった。

（2）〈四の符牒〉（The Sign of the Four）。本書の原題は、二番めの the がない *The Sign of Four* で、これは従来の創元推理文庫版を踏襲して『四人の署名』としているが、〝the〟のつく〝四〟は、元来、署名ないし符牒の数をさすのではなく、〝四人組〟といった意味あいなので、文中では四人でも四つでもなく、あえて〈四の符牒〉とした。

6　シャーロック・ホームズ、論証を行なう

「さて、ワトスン」と、ホームズが手をこすりあわせながら言った。「これから半時間ばかりの余裕がある。これをせいぜい活用しようじゃないか。いまも言ったとおり、ぼくの推論はほぼかたまってるんだが、自信過剰なのも、また怪我のもとだ。いまのところはごく単純な事件に見えるが、まだその底に、なにか奥深いものが隠されてるかもしれないからね」

「単純だと言うのか、これを！」私は思わず叫んだ。

「単純だよ、まさに」そう言うホームズの口調は、クラスの学生を前にご講義をぶっている臨床の教授然としていた。「まあきみ、そこの隅にでもすわりたまえ――よけいな足跡でも残されると、事がややこしくなるからね。さてと、じゃあ始めよう！　まず最初に考えるべきは、この犯行をやってのけた連中が、どうやってこの部屋にはいり、どうやって立ち去ったかということだ。ゆうべからこっち、入り口のドアはひらかれていない。窓はどうだろう？」ランプを窓ぎわへ持ってゆくと、ホームズはそこで得た所見をしばらくぶつぶつと口に出してつぶやいていたが、それは私に聞かせるためというよりも、むしろ自分自身に言い聞かせているのだった。「窓は内側から掛け金がかかっている。窓枠は頑丈そのもの。左右に蝶番《ちょうつがい》などもない。ではこれをあけてみよう。近くに雨樋はない。屋根はとうてい手の届かない距離。だのに、ひ

とりの男がたしかにこの窓までのぼってきたんだ。ゆうべはすこし雨が降った。この窓框《まどがまち》に靴の跡がひとつ残っている。それからこっちには、ただの円い泥の跡。ああ、おなじものがこっちの床にも見えるぞ。それから、このテーブルのそばにも。おい、見たまえ、ワトスン！　これこそ否定しうべからざる証跡じゃないか」

私はその円い、くっきりとした泥の跡をながめた。

「これは足跡じゃないぜ」指摘した。

「足跡よりも、もっとわれわれにとっては貴重なものさ。これはね、木の義足でつけた跡だ。ついでにこっちの窓框の上も見たまえ。靴の跡がある。幅広の金属の踵《かかと》がついた、頑丈なブーツだ。そしてそのそばにもうひとつ、木の義足の跡」

「そうか、これが木の義足の男か」

「そのとおり。しかし、現場にはべつにもうひとりいた――とびきりはしっこく、活潑に動く相棒。きみ、この壁をよじのぼれるかい、ドクター？」

私はひらいた窓から下をのぞいてみた。月はまだ建物のこちら側を明るく照らしている。地上からこの窓までは、たっぷり六十フィートはあるし、おまけに、どこをどう探してみても、壁面に足がかりになりそうな突起はおろか、煉瓦の割れ目ひとつ見あたらない。

「無理だね、とても」そう答えた。

「だれかの力を借りなくてはね、そう、無理だ。しかし、相棒がひとりこの部屋にいて、あの隅にほうりだしてある頑丈なロープ、あれを窓からたらし、一端をこっちの壁についているあの大きなフックに結びつけたとしたら、どうだろう。それなら、一人前に体が動く男でありさえすれば、義足だろうとなんだろうと、ここまでよじのぼってこられるはずだ。出てゆくときも、むろん、おなじ方法で窓から降りる。そのあと、相棒がロープをひきあげ、フックからはずし、窓をしめ、内側から掛け金をかけたうえで、さて、自分もまた侵入したときとおなじ径路で脱出する。ああ、ついでにもうひとつ、これはまあ些細なことだが、覚えておくといい」

ホームズはロープをいじりながらつづける。「問題の義足の男だが、こいつは、ロープをよじのぼるのは得意でも、プロの水夫ってわけじゃない。手のひらも、水夫みたいに皮がごつごつと分厚くなっちゃいないから、こうやって拡大鏡でよく見ると、ロープに血痕が一カ所ならず付着しているのが見てとれる。とくに、ロープの下端のほうにそれがいちじるしいから、察するところ、猛スピードですべりおりたとき、これで手のひらをすりむいたと思われる」

「なるほど、そこまではよくわかった」私は言った。「しかし、それでなにかが明らかになったかというと、まるきり逆じゃないか。いったいその謎の相棒というのは、どういうやつなんだ？　どうやってこの部屋にはいれたんだ？」

「ああ、相棒のほうか！」ホームズは思案げにくりかえした。「その相棒についちゃ、いくつか興味ぶかい点がないでもない。そいつのおかげで、この事件も、平凡な市井《しせい》の事件の域を脱するというものだ。ぼくに言わせれば、わが国における犯罪の歴史に、こいつは新たな分野を切りひらいた——もっとも、似たようなケースなら、かつてインドでもあったし、ぼくの記憶が確かならば、セネガンビア(1)でもあったようが気がするがね」

「それにしても、どうやってはいってきたんだ？」私はくりかえした。「ドアはロックされていたし、窓も無理だ。煙突からでもはいってきたというのか？」

「それには暖炉の火格子が小さすぎる」ホームズは答える。「その可能性なら、ぼくもとっくに考えてみたけどね」

「だったら、どうやったっていうんだ」私は食いさがった。

「きみはいっこうにぼくの教えたことを活用しようとしないんだな」どうしようもないと言いたげに、首を左右にふりながら彼は言った。「これまでに何度も言ってるじゃないか——ありえないことをぜんぶ排除してしまえば、あとに残ったものが、どんなにありそうもないことであっても、真実にほかならない、と。そいつはドアからはいってきたんじゃない、それはわかっている。おなじく、窓からでもないし、煙突からでもない。さらに、部屋のどこにも身を隠せそうなところはないんだから、ずっとここに隠れてたんじゃないってこともはっきりしている。だったら、さあ、考えてみたまえ、どこからはいってきた？」

「天井のあの孔《あな》だ！」私は勢いこんで言った。

「もちろんそうさ。そうとしか考えられない。お手数ながら、きみがランプであのあたりを照らしていてくれれば、調査をこの上の部屋まで延長することができるんだがね——上階すなわち、財宝が発見されたという秘密の屋根裏部屋にさ」

彼は脚立《きゃたつ》にのぼり、梁の一本を両手でつかむや、器械体操の要領で体をふりあげ、身軽に屋根裏部屋へあがった。それから、腹這いになって、私のさしだすランプを受け取り、こちらが彼に倣《なら》って屋根裏へあがるあいだ、それで手もとを照らしていてくれた。

見まわすと、そこは縦横十フィートに六フィートほどの部屋だとわかった。床は、梁と梁とのあいだに、薄い木摺りと漆喰《しっくい》を張っただけの造りなので、移動するには、梁の上だけを選んで渡り歩かねばならない。天井は、頂点へむかって傾斜していて、明らかに家の屋根そのものの内殻をなしているとおぼしい。家具に類するものはいっさい見あたらず、長年のあいだに積もり積もった塵だけが、分厚い層をなして床面をおおっている。

「ほらここだ、見たまえ」そう言ってシャーロック・ホームズが、傾斜した壁面の一部に手をあてがった。「天窓だよ——あければ、屋根の上に出られる。これをこうやって押しあげると、そら、外はゆるい傾斜をなした屋根の本体だ。これこそすなわちわが〈侵入者第一号〉のはいってきた径路さ。さて、じゃあもうすこし調べてみよう——そいつの個人的特徴を示すようなにかが見つからないかどうか」

彼はランプを床すれすれにさしつけたが、とたんにその表情に、今夜二度めの激しい驚愕の色が走った。私もまた、彼の視線をたどってみて、肌がぞわぞわと粟だつのを覚えた。そこの床一面に、裸足の足跡が入り乱れてついている——どれもくっきりと、きれいに切りとったように印されているが、それがなんと、普通のおとなの足跡の半分ほどの大きさもない。

「ホームズ」私は知らずしらず声をひそめていた。「子供だよ、子供がこれだけの忌まわしいことをやってのけたんだ」

ホームズは瞬時に自制をとりもどしていた。

「ぼくも一瞬、ぎょっとしたけどね」と言う。「だがこれは、ごく当然の帰結なんだ。ぼくの記憶力がちょっと鈍っていただけで、そうでなければ、とっくにこうなるとわかっていたはずのものさ。さあ、ここにはこれ以上、見るべきものはない。下へ降りよう」

ふたりして下の部屋に降りたったところで、私はたまりかねてたずねた。「しかしね、ホームズ、そうなると上のあの足跡は、きみの仮説にどうあてはまるんだい？」

「おいおいワトスン、すこしは自分でも分析力を働かせてみたらどうなんだ」いくぶんいらだたしげな答えが返ってきた。「ぼくのやりかたはもうわかってるだろう。それを応用するんだよ。めいめい結論が出たら、それをくらべてみる。きっと役に立つはずだ」

「しかしぼくはなにひとつ思いつかないんだけどね――すべての事実に矛盾なくあてはまるような答えは」

「なに、そのうちわかってくるさ」無造作に切って捨てられる。「さてと、ここではもうこれ以上、重要な事実は見つからないと思うが、いちおう見るだけは見ておこう」

手ばやく拡大鏡と巻き尺をとりだすと、ホームズは膝立ちのまま敏捷に室内を動きまわり、しきりに寸法をとったり、比較したり、検分したりの作業を始めた――細く長い鼻を床にすりつけんばかりにして、鳥を思わせる円い目を眼窩《がんか》の奥できらきら光らせながら。動きのすべてがあまりに機敏で、物静かで、しかも忍びやかなので、かりにこの男がこれだけの精力と知力とを、法の防衛のためではなく、それを破ることに用いていたとしたら、いったいどれだけ端《たん》倪《げい》すべからざる犯罪者が生まれていたことかと、こちらもついあらぬ想像をめぐらせずにはい

られぬほどだ。しばらくそうして何事かぶつぶつぶやきつつ、室内をくまなく調べてまわっていたホームズは、そのうち、いきなり高々と鬨《とき》の声をあげた。

「やあ、これはもっけのさいわいだったな」と言う。「こうなれば、もうしめたもの、あとはなんの苦労もない。〈第一号〉のやつ、不覚にもこぼれたクレオソートのなかに足を踏みこんでくれてるよ。見えるだろう――このいやなにおいのするぬるぬるのそばに、彼の小さな足跡の輪郭が残ってるのが。見てのとおり、耐酸瓶が割れて、中身が漏れだしてるんだ」

「だとしたら、なんだというんだい？」と、私。

「つまり、獲物はもうつかまえたってことさ。それだけのことだよ」と、ホームズ。「これほどのにおいなら、世界の果てまでも追ってゆこうという犬、そういう犬がぼくの知り合いにいるのさ。狐猟犬の群れが、かりに鰊《にしん》のにおいを州をまたいだその先までも追ってゆくとしたら、(2)特別に訓練された特別の猟犬なら、これほどの刺激臭を追って、いったいどこまで遠っ走りすることやら。なんだか〈三の法則〉(3)みたいじゃないか。その答えが教えてくれるのは――いや、しかし待てよ！　どうやら正統の法の代理人がご到着のようだ」

階下でどたどたという足音が入り乱れて響きわたり、無遠慮にわめきたてる声も聞こえてきた。ホールのドアがばたんと騒々しい音をたててしまった。

「連中が乗りこんでくる前に」ホームズが言った。「ひとつ頼まれてくれないか。遺体の腕のここのところと、脚のここのところ、手を触れてみてほしいんだ。どんな感じがする？」

「筋肉が板みたいにかたくなってる」私は答えた。

「そのとおりだ。通常の死後硬直をはるかに超えて、極度の攣縮《れんしゅく》状態にある。この顔のゆがみぐあい、これもいわゆる〝ヒポクラテスの微笑〟とか、古書ではときに〝ひきつり笑い《リスス・サルドニクス》〟などとも呼ばれているものだが、これと、筋肉の攣縮とを考えあわせたうえで、さて、どういう結論がきみの頭には浮かんでくる？」

「なんらかの強力な植物性アルカロイドによる死、だね」私は答える。「ある種のストリキニーネに似た物質――強縮性痙攣《けいれん》をひきおこす」

「まさしくそれだよ、ぼくもそれを考えた――鍵穴からこのねじまがった顔を見た瞬間にね。室内にはいってきてからは、さっそくその毒物が体内にはいった径路をさぐりだしにかかったわけだが、結果として、きみも見たとおり、頭皮にたいした力も入れずに突き刺されるか、打ちこまれるかした、長い針を発見することができた。針が刺さってたのは、被害者が姿勢を正してこの椅子にかけていた場合、まっすぐ天井のあの孔と向きあう箇所だ。というところで、きみ、この針を検《あらた》めてみたまえ」

私はおそるおそるそれをつまみあげると、角灯の光にかざしてみた。長く、鋭くとがり、色は黒っぽく、先端がガラスのようなてかりを帯びているところからして、なにかゴム状の物質を塗りつけて、また乾かしたかに見える。とがっていないほうの先端は、ナイフできれいに削って、丸く形をととのえてある。

「わがイギリスで、ざらにころがってるようなものか？」ホームズが問いかけてくる。

「いや、ちがうね、ぜったいに」

「いずれにせよ、これだけの材料がそろったからには、きみだって的確な推論のひとつやふたつ、たちどころにひきだせるはずだけどね。だがまあこういったところで、いよいよ正規軍のご入来らしい——補助部隊のほうはひきさがるとしよう」

その彼の言葉が終わらぬうちに、それまでだんだん近づいてきていた階下からの足音が、外の廊下に騒々しく響きわたったかと思うと、足音の主である灰色のスーツ姿の、とびきり大柄で、胸板も厚い男が、のっしのっしと部屋に歩み入ってきた。赤ら顔で、肉づきがよく、いかにも多血質らしい風貌、腫《は》れぼったくふくらんだ目の下のたるみの奥から、不釣り合いに小さな、よく動く双眸《そうぼう》が、油断なく光っている。すぐ後ろには、制服の巡査を一名、それに、いまなおふるえが止まらぬようすのサディアス・ショルトーをしたがえている。

「ほ、こりゃあなかなかの大事件だ！」と、押しつぶされたような濁声《だみごえ》で言う。「いやまったく、たいした事件だよ。だが、おい、そこにいるやつ、きさまら、何者だ？　なんだってこの家には、兎小屋でもあるまいに、こんなに人間がうようよしてるんだ？」

「まさかぼくをお見忘れではないだろうね、アセルニー・ジョーンズ君」ホームズが穏やかに声をかけた。

「こりゃ驚いた。むろん忘れちゃおりませんとも」相手はぜいぜい言った。「理論家のシャーロック・ホームズさん。覚えていないわけがない！　いつぞや、ビショップゲート(4)の宝石事件のとき、あんたがわれわれ一同を前に、原因・推理・結果について、一席ご高説をたれてくれたってこと、忘れようにも忘れられるもんじゃありませんや。おかげでわれわれの捜査が正しい軌道に乗ったってことは事実だが、なあに、いまにして思えば、あれはあんたのご指導よろしきを得たというよりも、たんなる幸運のもたらしたもの——それはあんただって認めるでしょうが」

「あれはいたって簡単な推理だった——そのほんの一例だよ」

「ほほ、そうきたか。そうきましたか！〝過ちを改むるに憚《はばか》ることなかれ〟ですよ。しかしまあ、それはそれとして、今度のこの一件だ。じつに忌まわしい！胸が悪くなる！ですがね、ここには厳然たる事実がある——理論のはいりこむ余地はまったくなし。たまたまほかの事件で、このわたしがノーウッドまで出張《でば》ってきてたってのは、なんとも運がよかった！地元の署にいたところへ、知らせがはいりましてね。で、このほとけさん、死因はなんだとあんたは見てます？」

「いや、このぼくが理論をふりまわすような事件じゃなさそうだから、これは」ホームズはそっけなく答える。

「そうでしょう、そうでしょう。それでも、ときにあんたのお説が正鵠《せいこく》を射てることもあるってこと、これはわれわれとしても否定できませんから。さて、そこでと！ドアはロックされていた。五十万ポンドもの値打ちがある財宝が紛失している。窓はどうだろう？」

「掛け金がかかってた。だが窓框に足跡が残ってる」

「なるほど、なるほど。掛け金がかかってたのが事実なら、その足跡は事件には無関係だってことになる。そこは常識ですよ。なにかの発作で死ぬってこともありうるが、ここでは宝石が紛失している、と。あ、そうか、わかったぞ！ ときどきこういうふうにぱっとひらめくんです、わたしの場合。おいきみ、巡査部長、きみはしばらくはずしていてくれ。あなたもです、ショルトーさん。ホームズさんのお友達は、まあいてくれてもいいですが。さてと、ホームズさん、こういう考えかたがあるんだが、あんたはどう思います？ ショルトーは、自ら認めているように、ゆうべ兄といっしょだった。ところが兄が発作で頓死、ショルトーはこれさいわいと財宝を持ってずらかった、と！ さあ、どうです？」

「となると、そのあと死人が思いやりぶかくも起きあがって、自分でなかからドアに錠をおろしてくれたってことになるが」

「ふむ！ そこが難点ですな。ともあれわれわれとしては、何事にも常識をもってあたるとしましょうや。あのサディアス・ショルトーが兄といっしょにいたこと、そこで諍《いさか》いがあったこと、ここまではまちがいない。その後に兄が死に、宝石がなくなった。これも事実としてわかっている。だがサディアスが帰ったあと、兄の姿を見たものはだれひとりいない。ベッドに寝た形跡もない。サディアスはいま、どう見てもひどく取り乱している。彼のようすは――さよう、すこぶる好感が持てる、とは言いがたい。とまあこういうわけで、いまわたしはサディアスを中心に網を張りめぐらしているところです。遠からずこの網はかたく絞られてくるでしょう」

「きみはまだ事実をすっかりつかんでるわけじゃないんだがね」ホームズが言った。「この長い針のようなもの――毒が塗ってあったと信ずべきじゅうぶんな理由があるんだが――これが被害者の頭皮に刺さっていた。いまもその痕跡は見てとれるはずだ。それからこの紙片――このとおり、なぐり書きの文字があるが――これがテーブルの上にあり、そのそばにこの、いささか風変わりな、石の頭のついた道具があった。きみの言うそのお説に、これらがいったいどうあてはまると思う？」

「あらゆる点でわたしの説を裏づけてるじゃないですか」肥大漢の刑事は尊大に言った。「この家ときたら、インドから持ち帰った珍しい道具であふれかえってる。サディアスはそのひとつをここへ持ってきた。しかも針に毒が塗ってあったというのなら、サディアスだってほかのだれともおなじに、それを殺しの道具に用いないとはかぎらない。紙切れですか、そんなのはただの小細工――目くらましですよ、たぶん。ただひとつ、問題があるとすれば、彼がどうやって立ち去ったのかってことですが、それを言うなら、ほら、考えるまでもない、天井に孔がある」

巨体の主にしては意外なほどの身軽さで、刑事は脚立の上に立つと、そこから天井裏へと体をこじいれた。そのあとすぐに、勝ち誇った叫びが聞こえてきて、屋根の天窓を彼も見つけたことを教えてくれた。

「まあ、ああいう男でも、なにか見つけるくらいのことはできる」シャーロック・ホームズが肩をすくめながら言った。「たまにちらっと頭の隅に、知性の光がさすこともあるんだ。〃ばか《イル・》のくせに小才の利くやつほど困ったものはない《ニア・パ・デ・ソ・シ・アンコモド・ク・スー・キ・オン・ド・レスプリ》(5)〃ってね」

「やっぱり思ったとおりだ！」アセルニー・ジョーンズが脚立を降りてきながら言った。「所詮、理屈は事実には勝てんのですよ。わたしの仮説はみごとに裏づけられた。屋根に天窓があるんです。しかもそれが半びらきになっている」

「あけたのはぼくだよ」

「えっ、そうなのか！　じゃあ、あんたもあれに気がついたんですな？」そう聞かされて、いささか落胆のていだ。「まあいい、だれが見つけたにせよ、これであいつの脱出路が判明したわけだ。おおい、巡査部長！」

「はい」と、廊下からの声。

「ショルトーさんにこちらへお越し願うように——ショルトーさん、職務として申しあげておきますが、これからあなたの申し述べられることはすべて、あなたに不利な証拠として用いられることがありますから、そのつもりで。本官は女王陛下の名代として、ここにあなたをお兄さん殺害の容疑者として逮捕します」

「ああ、やっぱり！　だからこうなると言ったでしょうが！」気の毒な小男は泣き叫ぶように言いながら、両手をさしのべて、私たちひとりひとりを順ぐりに見まわした。

「だいじょうぶ、ご心配には及びませんよ、ショルトーさん」ホームズが言った。「あなたへの嫌疑は、このぼくがじきに晴らしてさしあげます」

「おや、理論家先生、あまり大きな口はたたかんほうがいいですぜ。安請け合いはやめたほうがいい」刑事がうなるように言う。「思ってたより簡単な事件じゃないと、いずれ思い知らされることになるだろうからね」

「では言うがね、ジョーンズ君。ぼくはこのひとの嫌疑を晴らしてみせるだけでなく、きみに、ゆうべこの部屋にいた二人組のうち、片方の男の名前やその他、ぜんぶ教えてあげようというんだ。その男の名は――じゅうぶんな根拠があってこう言うんだが――ジョナサン・スモール。無学で、小柄だが、動きは俊敏、右脚がなく、かわりに木の義足をつけていて、その義足の内側がすりへっている。左足の履き物は、爪先の角張った、粗末な靴底のブーツ、踵には鉄の輪がはまっている。年は中年、濃い日焼け顔、かつて服役していたことがある。これだけの特徴に、手のひらの皮がかなり剝《む》けている、すりむけているという事実、これをつけくわえれば、きみにとってはある程度、参考になるだろう。さらに、もうひとりの男というのは――」

「ほほう！　もうひとりの男とは？」アセルニー・ジョーンズはあざけるように言ったが、そのくせ内心では、ホームズの精細をきわめた説明にすくなからず気おされていること、これは私の目にも明らかだった。

「こっちはいささか変わった人物だ」シャーロック・ホームズは、くるりと背中を向けながらつづけた。「まあぼくとしては、遠からずこの二人組を、雁首そろえてきっちりきみに紹介できると思ってるがね。ワトスン、きみにちょっと話がある」

彼は私の先に立って階段の上まで行った。

「どうも思いがけない展開になってきたせいで」と言う。「今夜ここまで出かけてきたそもそもの目的、それをぼくらは見失っていたようだ」

「それをぼくも考えてたところさ」私は答えた。「とにかく、モースタン嬢をこんなひどい現場に、いつまでも足留めしておくのはまちがってる」

「それなんだ。きみ、送ってあげてくれないか。住まいは、ロウワー・キャンバウェルのセシル・フォレスター夫人宅。ここからさほど遠くない。そのあとまたもどってきてくれるなら、ぼくはここで待ってる。それとも、きょうはもう疲れたかい？」

「いや、とんでもない。ぼくだって、この奇々怪々な出来事の顚末《てんまつ》を見届けるまでは、とても寝られるもんじゃないさ。これでも人生の荒々しい一面を多少は見てきたつもりだが、今夜ばかりは、驚くようなことばかりがたてつづけに起こって、すっかり神経がまいっちまった。それでも、ここまでつきあったからには、乗りかかった船だ、このままどこまでもきみのそばで成り行きを見まもるつもりだよ」

「ありがたい。きみがいてくれると、ぼくもおおいに助かる」ホームズも答えた。「これからは、こっちはこっちで独自に捜査を進めよう――ジョーンズのやっこさんには、見当ちがいな思い込みで鼻高々になりたいなら、勝手にそうさせておけばいい。そこで、きみにはモースタン嬢を送り届けたあと、ピンチン・レーン三番地にまわってほしいんだ。場所はランベスの河岸の近く。小路の右側、三軒めに、シャーマンという鳥の剝製師が店を出してる。ウィンドーに、子兎をくわえた鼬《いたち》の剝製が飾られてるから、すぐにわかるはずだ。シャーマンをたたき起こして、ぼくからの挨拶を伝え、ぼくがいますぐトービーを借りたいと言ってる、そう伝えてもらいたい。借りられたら、トービーをそのまま馬車でここまで連れてくる、と」

「犬だね？」

「そうだ。風変わりな雑種犬だが、これがすばらしい嗅覚の持ち主なのさ。このトービーの力を借りたい。ロンドンじゅうの警察力をぜんぶ合わせたのより、トービー一匹のほうがよっぽど役に立つ」

「じゃあ連れてくるよ」私は言った。「いま、一時だ。疲れていない替え馬が見つかれば、三時までにはもどれるだろう」

「そのあいだぼくのほうは」と、ホームズ。「家政婦のバーンストン夫人や、インド人の召し使いから、訊きだせるかぎりのことを訊きだしておく。サディアス氏から聞いたところでは、インド人はすぐ隣りの屋根裏部屋で寝起きしてるそうだから。そのあとは、ジョーンズ大先生の捜査法とやらを少々見学したり、やっこさんのあまり洗練されてるとは言いがたいあてこすりを拝聴したりするさ。〝自分の理解できぬものをばかにして笑うのは人間のつねである《ヴィーア・ジント・ゲヴォーント・ダス・ディー・メンシエン・フェアヘーネン・ヴァス・ジー・ニヒト・フェアシュテーエン》(6)〟ってね。さすがにゲーテはうがったことを言うよ」

(1) セネガンビアは、アフリカ西部のセネガル河とガンビア河との中間の地方。

(2) 猟犬を訓練するさい、狐のにおいを消して犬の嗅覚を鍛えるため、通り道に燻製鰊を置くことをさす。ここから、当面の問題から注意をそらすために利用されるものを、燻製鰊《レッドヘリング》とも呼ぶ。

(3) 〈三の法則〉は、比例式の三つの項が与えられたときに、第四項を見いだす方法。つまり比例式の計算法。

(4) 正確にはビショップスゲート。〝ビショップゲート〟がアセルニー・ジョーンズの口調をそのまま再現した結果なのか、それとも原文の誤植なのかは不明。
（5）ラ・ロシュフーコーの『箴言《しんげん》と考察』からの引用とされる。
（6）ゲーテの『ファウスト』第一部より。

7　樽の挿話

警察の一行は辻馬車できていたので、私はそれでモースタン嬢を送り届けた。モースタン嬢は、清らかで穏やかな、女性らしい心根のひとだから、だれか支えの必要な、自分より弱い立場のものがそばにいるかぎりは、毅然と、また平静に、つらさに堪えていた。だから、私が迎えにいったときにも、打ちひしがれておびえきった家政婦のかたわらに、明るく、落ち着いたようすですわっていたのだが、それが、いったん馬車に乗りこんでしまうと、急に意識を失いかけ、つづいて今度は堰《せき》を切ったように、身も世もあらぬふぜいで泣きだした――その夜の冒険は彼女にとって、それほどに堪えがたい試練だったということだろう。のちに本人から聞かされたところによると、帰りの馬車での私の態度は、いかにもよそよそしく、冷たく感じられたという。あいにく彼女には、そのときの私の内面の葛藤、あるいは、私をおさえつけていた克己心《こっきしん》、そういったものを察してはもらえなかったようだ。実際には、私の真摯《しんし》な同情も、また愛情も、挙げて彼女ひとりに向けられていたというのに――さいぜん〈ポンディシェリ・ロッジ〉の庭先で、私の手がまさにそうしていたように。思うに、たとえこの女性と型にはまった日常生活を何年つづけていたところで、この一夜の不思議な体験ほどに、彼女のやさしく、毅然とした稟質《ひんしつ》を深く味わい知ることはできなかったろう。にもかかわらず、内心のふたつの思いが足枷《あしかせ》となって、くちびるまで出かかっている愛の言葉を封じこめていた。いま彼女は心も神経もかきみだされて、弱く、寄る辺ない心境でいる。こんなとき、その弱みにつけこんで、押しつけがましく愛をささやくのは、冒瀆《ぼうとく》にあたるのではなかろうか。なお悪いことに、彼女はいまや金持ちだ。ホームズの捜査が成功に終われば、巨額の富の女相続人になる身なのだ。私ごとき、休職給を受けているだけの一介の軍医が、ほんの偶然のことから親密になれたのにつけこむという、そんな行為がはたして正当であろうか。名誉ある行動であろうか。彼女の目からは、たんなる財産狙いの卑《いや》しい男としか見られないのではなかろうか。そんな見かたがちらりとでも彼女の頭をよぎるようなら、とうてい私には堪えられないし、そこまで図太くもなれない。いまや私たちふたりのあいだには、かの〈アグラの財宝〉なる存在が、越えるべからざる障壁のように立ちはだかっているのだ。

めざすセシル・フォレスター夫人宅に着いたのは、深夜も二時になろうというころだった。使用人たちはとうに寝室にひきとっていたが、あるじのフォレスター夫人は、モースタン嬢の受け取った謎めいた伝言にいたく興味をそそられ、その帰宅をいまや遅しと待ち構えていた。自ら玄関口のドアをあけてくれた夫人は、中年の、典雅な物腰の女性で、彼女がモースタン嬢を迎えて、やさしくその腰に腕をまわし、母親のように声をかけるのを目にすると、私もほっと胸のうちが明るくなった。明らかにモースタン嬢はこの家で、たんなる雇い人としてではなく、大事な友人として礼遇されているのだ。私が紹介されると、フォレスター夫人は、私にもぜひ家にはいって、この夜の冒険の一部始終を聞かせてくれとせがんだが、私としてはあいにく、大事な役目が待っているので、いずれまた必ず訪問して、その後の成り行きを報告すると約束し、それで勘弁してもらうしかなかった。馬車が走りだしたとき、そっと後ろをふりかえってみると、上がり口の階段の上に、まだこちらを見送っている人影が見えた——寄り添って立つ、ふたつの優雅なシルエット。なかばひらかれたドア。ステンドグラスごしに輝くホールの明かり。壁の晴雨計。階段のぴかぴか光る絨毯おさえ。(1)たとえ走り去りながらのほんの一瞬であっても、いま私たちが巻きこまれているこの陰惨、かつ殺伐とした事件のさなかにあって、こうした英国のよき伝統ある家庭の、平穏な光景の一端が垣間見《かいまみ》られたというのは、まことに心なごむものであった。

それにしても、これまでに起きた出来事を考えれば考えるだけ、それは殺伐として、陰惨な感じを強めてゆくようだった。ガス灯に照らされた静まりかえった街々、そこをがらがらと馬車に揺られてゆきながら、私は頭のなかでこの夜の一連の異常な出来事を、順序だてて再現してみようとした。まず、発端となった問題——これはすくなくともある程度までは明らかになっている。モースタン大尉の死、広告、送られてきた真珠、そして手紙——こうした事実については、謎はすべて解けた。ところがそれは、さらに奥深い、さらに悲劇的な謎への糸口にすぎなかったのだ。インドの財宝。モースタンの手荷物から出てきた不思議な見取り図。ショルトー少佐の臨終に起きた奇々怪々な出来事。財宝の再発見と、それに踵《きびす》を接して起きた、その発見者の殺害。その犯罪をいろどるとびきりの異常性。足跡。二種類のきわめて特異な凶器。モースタン大尉の所持していた見取り図のものと符合する、謎の紙片の文言。これはまさに迷宮と形容するしかなく、わが同居人ほどのきわだった才能に恵まれたものでもないかぎり、問題を解き明かす手がかりすら得られず、絶望するばかりだろう。

ピンチン・レーンというのは、ランベスのうちでも一段と低地にあたる地域にあり、煉瓦建ての二階屋が並ぶ通りだった。三番地のドアを何度かノックしてみたが、いっこうに応答がない。それでもようやく鎧戸の奥に蠟燭《ろうそく》の光がちらつき、上階の窓から顔がひとつのぞいた。

「消えちまえ、この酔っぱらいのルンペン野郎」と、その顔の主は言った。「これ以上、騒ぎを起こしやがると、犬小屋をあけて、四十三頭を残らずきさまにけしかけるぞ」

「犬なら一匹だけ貸してくれれば、こっちの用はすむんだがね」私は言った。

「うるさい！」と、声はどなりかえす。「いいか、驚くなよ、ここにある袋にゃ、毒蛇がはいってるんだ。とっとと消えやがらねえと、こいつをきさまのどたまめがけて投げ落とすぞ」

「しかしこっちは犬が必要なんだ」私も叫びかえす。

「つべこべぬかすんじゃねえ！」シャーマン氏も負けじと応酬する。「さあ、そこをどきやがれ！　一、二の三、と数えて、三と同時にこいつをお見舞いするからな」

「しかしシャーロック・ホームズさんの使いで――」言いかけたとたん、この言葉がまるで魔法のように作用した。いきなりぴしゃりと窓がしまったかと思うと、まもなくドアのかんぬきがはずされ、扉がひらかれた。シャーマン氏というのは、ひょろりと痩せた老人で、背中は丸く、首は筋ばり、目には青い色つきの眼鏡をかけている。

「シャーロックさんのご友人なら、いつだって歓迎しますさ」と言う。「さあどうぞ、お通りなさって。そこにいる狢《むじな》の野郎はよけてやってください――噛《か》みつきますから。こら、性悪め、性悪めが！　旦那を噛もうってのか？」これはオコジョに言ったらしい――ケージの柵の隙間から、癖の悪そうな頭と、真っ赤な目をのぞかせているやつだ。「いや、そっちのはだいじょうぶでさ――ただの蛇蜥蜴《へびとかげ》ですから。毒もないんで、いつもは部屋で放し飼いにして、ゴキブリ退治に使ってるくらいで。さっきは愛想のない応対をしちまって、どうか勘弁してやってくださいよ。いつも悪ガキどもにからかわれてて、なかでもたちの悪いやつになると、この小路の奥まではいってきて、寝てるところをたたき起こしやがるんでね。で、シャーロック・ホームズさんのご用ってのは、どんなことです、旦那？」

「お宅の犬を一匹、借り受けたいんだそうだ」

「ははあ！　するとトービーのやつだな」

「ああ、そうだ、〝トービー〟って名だった」

「トービーなら、左側の七番のケージでさ」

シャーマンは蠟燭を手にして、蒐集した風変わりな動物一族のあいだをのろのろと歩いていった。そのゆらめく薄暗い明かりで、ぼんやりと見てとれたのは、あたりの暗がりという暗がり、奥まった片隅という片隅から、それとなくちらちらと向けられてくる目の存在だった。頭上を縦横に走る梁の上にも、しかつめらしくむっつりした鳥たちがずらりと並んでいて、私たちの話し声に眠りを破られると、わずかに身動きして、片脚からべつの脚に体重を移す。

トービーというのは、長毛種で、耳のたれた、半分スパニエル、半分ラーチャー(2)の血をひく醜い犬だった。色は茶色と白のぶち、ひどくぶざまな、よたよたした歩きかたをする。老剝製師が渡してくれた角砂糖をさしだすと、ちょっとためらってから口にし、これで相互理解が成立したところで、私のあとからちょこちょことついてきて、あとはなんの手間も焼かせず馬車に乗りこんだ。ようやくまた〈ポンディシェリ・ロッジ〉に帰り着いたとき、〈水晶宮〉(3)の時計がちょうど三時を打つのが聞こえた。私が留守にしているあいだに、元プロボクサーのマクマードーが共犯として逮捕され、ショルトー氏ともども、署へ連行されたと聞かされた。狭い門のそばで、ふたりの制服巡査が立ち番をしていたが、ジョーンズの名を出すと、犬を連れてなかにはいることを認めてくれた。

　ホームズは両手をポケットに入れて、玄関の上がり口に立ち、パイプをふかしていた。

「やあ、連れてきてくれたね！」と言う。「よしよし、いい子だな、トービー。ところで、アセルニー・ジョーンズはもう引き揚げた。きみが出かけたあと、ずいぶんとエネルギッシュな活躍を見せてくれたよ。なんと、われらが友人サディアスのみならず、門番から家政婦、さらにインド人の召し使いにいたるまで、残らずひっくくっていった。いま上にいる巡査部長ひとりを除けば、家全体がぼくらのものだ。犬をここに置いて、いっしょに上へきたまえ」

　ホールのテーブルにトービーをつなぐと、私たちふたりはふたたび階段をのぼった。惨劇のあった部屋は、中央の遺体にシーツがかけてあるほかは、さいぜん出ていったときのままだった。くたびれた顔をした巡査部長が、所在なげに部屋の隅に寄りかかっている。

「きみの手提げランプを貸してくれないか、巡査部長さん」私の相棒が言った。「さあきみ、このランプの提げ紐をぼくの首に結んで、ランプ本体を胸の前に持ってくるようにしてくれたまえ。ありがとう。つづいてぼくは靴と靴下を脱ぐ、と。脱いだやつは、ワトスン、きみが下へ持って降りてくれ。これからちょっとしたクライミングに出かけるからね。それからぼくのこのハンカチ、これをそこのクレオソートにひたす。これでよし、と。じゃあ、いっしょにちょっと屋根裏までご足労願えるかい？」

そろってもう一度、天井の孔《あな》からよじのぼった。ホームズはあらためて手もとの明かりを、床に積もった塵に刻印された足跡に向けた。

「この足跡を、とくと注意して見てほしいんだ」と言う。「これになにか特徴的な点はないかい？」

「子供か、ないしは小柄な女性のものだ」と、私。

「サイズのほかには？　なにか気がつかないか？」

「と言われても、普通の足跡とあまり変わらないように見えるがね」

「いやいやどうして。これを見てくれ！　これは塵に刻印された右足の足跡だ。いまからぼくがこの隣りに、自分の足を置いてみる。さあ、おもな相違はなんだい？」

「きみの指は五本ともぴったりくっついている。だがこっちの足跡のは、一本一本が大きく離れている」

「そのとおりだ。それをしっかり記憶にとどめておいてくれ。ではつぎ——お手数だがきみ、あの天窓のところへ行って、枠の部分の木を嗅いでみてくれないか。ぼくはこのハンカチを手に持ってるから、ずっと離れたこっちから動かずにいる」

私は言われたとおりにした。するとたちまち気がついたのは、枠の木造部に、強いタールのにおいがしみついているということだった。

「この足跡の主が天窓から抜けだすとき、足をかけた箇所がそこさ。きみが嗅いでもわかるくらいなんだから、トービーなら造作もなく嗅ぎつけられるはずだ。じゃあきみは駆け足で下へ降りて、犬を放し、これから始まる軽業師《かるわざし》なみの離れ業を見物していてくれたまえ」

私が外へ出て、庭へまわったときには、シャーロック・ホームズはすでに屋根の上にいて、巨大な蛍よろしく、屋根の棟づたいにそろそろと横へ移動していた。その姿はやがて煙突のかげに隠れたが、ほどなくふたたびあらわれたあと、もう一度、今度は屋根の反対側へ消えた。私が建物の向こう側にまわっていったときには、彼は角の庇《ひさし》に腰かけていた。

「きみかい、ワトスン?」と、呼びかけてくる。

「ああ」

「ここがめあての場所だよ。そこに見える黒いもの、それはなんだい?」

「天水桶だ」

「蓋はあるかい?」

「ある」

「梯子のたぐいは見あたらないか?」

「ないね」

「くそいまいましい！　ここがいちばんの正念場《しょうねんば》だ。やつにのぼれたところなんだから、こっちが降りないってわけにはいくまい。よし、この樋はけっこうしっかりしてるようだ。そんなら行くぞ、とにかく！」

足でごそごそさぐっている気配がしたかと思うと、ランプが壁面を伝って着実に下降してきた。やがて、軽くひととび、天水桶の上へ、そこからまた、ぽんと地上へ。

「やつの足跡《そくせき》をたどるのは造作もなかった」靴下と靴を履きながら、ホームズは言った。「通ったあとは、どこも屋根の瓦がゆるんでたからね。しかもやっこさん、あわててたせいか、こんなものを落としていった。きみたち医者の言葉を借りれば、これこそぼくの診断を裏づけるものにほかならない」

渡してよこしたのは、着色した草を編んだ、小さな袋ないし巾着《きんちゃく》のようなものだった。まわりに安物のビーズがいくつか、刺繡《ししゅう》のように縫いつけてある。形といい寸法といい、シガレットケースに似ていなくもない。あけてみると、なかには、黒っぽい木でつくった長い針が半ダースばかり。一端は鋭くとがり、もう一端は、丸く削って、形をととのえてある。まさしく、バーソロミュー・ショルトーの遺体に突き刺さっていたのと同種のものだ。

「おそるべきしろものだぜ、こいつは」ホームズが言う。「指を刺さないように気をつけたまえ。それにしても、これが手にはいって、よかった。たぶん、やつの持ってたのはこれっきりだろうからね。そのうちきみなりぼくなりが、こいつを食らうというおそれがだいぶ減ったってわけだ。こいつにやられるくらいなら、マティーニ銃(4)の弾でも撃ちこまれるほうがよっぽどましなくらいさ。ワトスン、これから六マイルほどテクる元気、きみにはあるかい？」

「あるとも」私は答える。

「きみのその脚で、だいじょうぶかな？」

「ああ、平気だ」

「じゃあ行くぞ、ワン公！　いや、トービー大明神《だいみょうじん》様だ！　嗅げ、トービー、嗅ぐんだ！」彼がクレオソートにひたしたハンカチを鼻先につきつけるあいだ、犬は毛のむくむくした四本の脚を踏んばり、さながらワイン鑑定家が著名なヴィンテージワインの香りでも嗅ぐように、どこか道化師めいたしぐさで大仰に首をかしげて立っていた。そのあと、ホームズはハンカチを遠くへ投げ捨てると、じょうぶな引き綱をその首輪に結びつけ、犬を天水桶のそばまで導いていった。すると、いきなりトービーはたてつづけにかんだかくふるえる声できゃんきゃんと鳴きだし、と同時に、鼻を地面にすりつけ、尾を高くふりたてながら、臭跡を追ってぱたぱた駆けだした。引き綱をぐいぐいひっぱるその勢いたるや、あとを追う私たちふたりも、全速力で走らねば追いつかぬほどだった。

　いまでは東の方角が徐々に白みかけていて、冷えびえとした灰色の光のなか、ある程度の距離までは見通せるようになっていた。私たちの背後で、四角く巨大な家は、黒くうつろな窓々や、高いむきだしの壁面を見せて、わびしく、物悲しげにそそりたっている。トービーに先導された私たちの針路は、そのまままっすぐ敷地のなかをつっきり、一面に掘りかえされて穴ぼこだらけになったり、縦横に溝が切られたりしている地点をよけて、右に左に蛇行しつつ走っ

ていた。いたるところに散らばった塵芥《じんかい》や残土の山、いじけた不ぞろいな灌木の茂み、それらがかもしだす不吉な、荒涼とした雰囲気は、心なしか、家全体をおおうどすぐろい悲劇の館といった趣《おもむき》と相応しているように思えた。

敷地をかこむ塀までくると、トービーはなおも勢いこんで鼻をくんくん鳴らしながら、塀の暗がりにそってしばらく走り、最後に、とある橅《ぶな》の若木のかげの、小暗い片隅にきたところで、止まった。そこは、二面の塀がまじわる箇所で、いくつかの煉瓦がゆるんで抜け落ち、あとに残った孔は、たびたび梯子がわりに使われているかのように、すりへって、下のふちが丸くなっている。ホームズもそこをよじのぼると、私の手からトービーを受け取り、塀の外側へおろしてやった。

私がそばまでのぼってゆくと、彼は言った。「ほら、木の義足の男の掌紋がある。白い石膏の面に、うっすら血の跡が残ってるだろう。きのうから雨らしい雨が降らなかったのは、もっけのさいわいだったよ！　二十八時間もたっているが、これならじゅうぶんな臭跡が路面上に残されてるはずだ」

私は多少の疑問を持たざるを得なかった――なにしろ交通量の多いロンドンのことだ。それだけ時間がたっているなら、臭跡などまず残ってはいまい。ところが、その疑念はたちまち解消した。トービーは一度も迷ったり、横道にそれたりすることなく、独特の横揺れするような足どりで、どこまでもぱたぱた歩きつづけた。明らかに、クレオソートの鼻をつくような臭気は、他のどんなにおいよりも強く、おのれの存在を誇示しているのだ。

「言っておくがね」と、ホームズが言いだした。「ぼくはこの捜査の首尾不首尾を、たんに二人組の片割れが薬品に足をつっこんだという、その偶然にだけ頼ってるわけじゃないんだぜ。彼らのことはもうだいぶわかってきているから、追いつめる方法なら、ほかに幾通りもあるんだが、これがいちばんてっとりばやいし、だいいち、せっかくの幸運を利用しないんじゃ、罰が当たるってもんだ。もっともそのおかげで、いっときちょっとした知的な難問になりそうだった事件が、そうなりそこねたのは残念だけどね。このあまりにも見え透いた手がかりさえなければ、最終的に事件を解決することで、いくらか面目をほどこしてたかもしれないんだが」

「いや、いまのままでも面目はじゅうぶんたつさ――ありあまるほどだよ、ホームズ」私は言った。「実際ね、今度の事件できみが手がかりを追求してゆくやりかたを見てると、ほとほと感心する――そのお手並みは、例のジェファスン・ホープ殺しのときに勝るとも劣らないほどさ。いや、今度の事件のほうが、ぼくにははるかに底が深く、謎めいているように思える。たとえばの話、きみは木の義足の男の人相風体《ふうてい》を、すこぶる確信ありげに説明してのけたが、どうやってそこまで言えるだけの確証をつかんだんだ?」

「ちっちっ、なにをいまさら! わかりきってるじゃないか。ぼくはべつにもったいぶるつもりなんかないけどね。これぞまことに明々白々、だれが見たってわかることさ。かつて、流刑囚収容所の警備隊付き将校を務めていたふたりの男が、ある埋もれた財宝についての重大な秘密を聞き知った。ジョナサン・スモールというイギリス人が、その隠し場所を示す図面を描いた。この男の名、モースタン大尉の所持品から見つかった、例の絵図にしるしてあったのを覚えてるだろう。自分自身と、ほかの共謀者仲間を代表して、スモールが図面に署名した——本人のいささか芝居がかった命名によれば、〈四の符牒〉だ。この図面の助けを借りて、将校たち、もしくはそのひとりが、財宝を手に入れ、イギリスに持ち帰る——おそらく、図面を受け取るにあたっては、なんらかの条件があったはずだが、それを果たさぬままでだ。では、なにゆえにジョナサン・スモールは、自分で財宝をとりにゆかなかったのか。答えは知れている。図面が描かれたのは、モースタンが警備隊付き将校として、流刑囚たちと親しく接していた時期に重なる。ジョナサン・スモールが自ら財宝をとりにゆかなかったのは、ひとえに彼自身も、ほかの仲間も、みな囚人で、流刑地の外には出られなかったからにほかならない」

「しかしそれ、なにもかもきみの臆測以上のものじゃないんだろう?」私は言った。

「いやいや、どういたしまして。すべての事実にあてはまる仮説はこれしかないんだ。いいかい、それがどんなふうにその後の出来事と符合するかを考えてみよう。ショルトー少佐は、帰国後数年間、宝をわがものとした喜びにひたりつつ、平穏裡《へいおんり》に暮らす。ところがそこへインドから一通の手紙——少佐は驚き、ふるえあがる。いったいこれはどういう手紙だったのか」

「彼が裏切った男たちが、釈放されたことを知らせる手紙だ」

「それか、もしくは、脱走したか。こっちのほうが、可能性が強いな——なぜなら、少佐ならば当然、彼らの刑期を知ってたはずだから。釈放されたことで、そんなに驚きはしないさ。では少佐は、そのあとどうしたか。木の義足の男にたいして、身辺の警護をかためた——いいかい、白人にたいして、だよ。なぜなら、訪問販売の商人をその男とまちがえて、実際にピストルで狙撃することまでしているからさ。さて、図面に書きこまれた姓名のなかで、白人のそれはひとつしかない。ほかのはどれもインド系、またはイスラム系の名だ。ほかには白人はいない。だとすれば、義足の男こそ、すなわちこのジョナサン・スモールである、そう断定して、まずまちがいあるまい。どうだね、ここまでの論証にどこか欠陥でもあるかい？」

「いや。簡にして要を得ているよ」

「よし、ではつぎへ行こう。ここからは、ジョナサン・スモールの立場から考えることになる。彼の見地から、事の様相をながめてみるのさ。彼はふたつの目的をいだいてイギリスへ渡ってくる――自分に正当な所有権があると見なすものをとりもどすこと、そしてもうひとつは、自分を裏切り、非道な目にあわせてくれた男に復讐すること。彼はショルトーの住まいを探しだし、なおそのうえに、まず十中八九、家のなかにだれか通謀者をこしらえた。それが執事のラル・ラオだ。われわれはまだお目にかかっていないが、家政婦のバーンストンさんの話だと、これがまことに好ましくない男らしい。とはいうものの、スモールも財宝の隠し場所まではつきとめられなかった。少佐本人と、すでにこの世にないという忠実な老召し使い、このふたり以外に、それを知るものはだれひとりいなかったのだからね。そうこうするうち、とつぜん聞かされたのが、少佐が命旦夕《めいたんせき》に迫っているという事実。財宝の秘密が少佐とともにあの世へ行ってしまうと思うと、もはや居ても立ってもいられず、警護のものの目をくぐりぬけて、瀕死の男の部屋の窓までやってきはしたものの、ふたりの息子が病人の枕頭に付き添っていて、侵入はかなわない。それでも、死者にたいする恨みにわれを忘れて、その夜のうちに部屋に侵入、財宝についてのメモでも残っていないかと、少佐の身辺の書類をひっかきまわしたあげく、ようやくあきらめて、自分がここへきたという事実だけを思い知らせるべく、手もとの紙に手ばやく符牒をなぐり書きして、置き手紙とした。彼がかねてからその種のことをもくろんでいたこと、これは確かだ——成り行きで少佐を殺すようなことになったら、そのときは、これがただの殺人ではなく、自分をはじめとする四人組の見地からは、ある意味での正義の裁きにほかならないということ、この事実を示すなにかを遺体の上に残していこう、とね。とっぴで風変わりな思いつきだが、こうした例は、犯罪史のなかではけっして稀なものじゃないし、なによりも、多くの場合、犯人につながる貴重な手がかりを与えてくれるものでもある。ここまではわかるね?」

「よくわかる」

「さてと、そのあとジョナサン・スモールにはどんな手が打てただろう? 息子たちがせっせと宝探しに明け暮れているのを、ひそかに監視することしかない。たぶん、いったんはこの国を出て、あとはときおりもどってくるだけだったろうね。やがてついに例の屋根裏部屋が見つかり、彼もただちにそのことを知る。ここでもまた、内部の通謀者の存在がうかがい知れるわけだ。ジョナサン本人は義足だから、高い位置にあるバーソロミュー・ショルトーの部屋までよじのぼるのは、もとより不可能。だが彼には一風変わった仲間がいて、それがこの難関をみごとに突破してくれはしたものの、あいにく裸足の足をクレオソートのなかにつっこんでしま[5]う。かくしてトービーの登場、ひとりの休職軍医が、アキレス腱を傷めている脚をひきずりひ

う？」

「しかし、実際に殺しをやってのけたのは、ジョナサンではなく、その共犯者のほうなんだろきずり、六マイルの距離を歩かされる、という仕儀になったわけさ」

「そのとおりだ。それも、ジョナサン本人にとっては、どちらかというと不本意な結果だったろう——部屋にはいったあとで、彼が地団駄を踏みながらそこらを歩きまわったらしい痕跡から推《お》してね。バーソロミュー・ショルトーにたいしては、遺恨など毫《ごう》もなかったわけだし、できれば縛りあげて、猿轡《さるぐつわ》をかませる程度ですませたかったはずだ。自分から絞首縄に首をつっこむような真似、だれだってしたくはない。だがもうあとのまつり——共犯者の野性の本能がふいに爆発して、毒針が仕事を終えてしまったあとだった。やむなくジョナサン・スモールは置き手紙を残すと、財宝の櫃《ひつ》を地上におろし、自分もつづいてロープで降りる。まあ残された証跡から判断するかぎり、こんなかたちで一連の出来事は起きたはずだ。むろん、彼の人相風体についても、アンダマン諸島でずっと服役していたんだから、中年で、濃く日焼けしている、ぐらいのことは推定できる。背丈は歩幅から容易に算出できるし、髭面《ひげづら》だったことも、事実としてわかっている。窓の外に彼の顔を認めたとき、サディアス・ショルトーが記憶にとどめた唯一の特徴、それが、髭もじゃだったということだからね。まあこんなところかな——ほかにはもう言うこともないだろう」

「共犯者については？」

「ああ、そのことなら、べつにたいした謎はない。しかしその点は、いずれきみにもすっかりわかるはずだ。それはそうと、朝の空気は、じつに気持ちがいいねえ！　ほら、あの小さな雲を見たまえ——なにやら巨大なフラミンゴの羽根さながら、空を浮遊してるじゃないか。と言ってるうちにも、ロンドン上空にたなびく雲堤《うんてい》の上に、赤い太陽が顔をのぞかせた。太陽は数知れない人間をくまなく照らすが、しかし、そのうちのだれひとりとして、いま現在のぼくらほどに、風変わりな用向きにたずさわっているものはあるまい。こうした〈自然〉の偉大な力を前にすると、けちな野心に動かされて、あくせくするだけのぼくらの姿、いかにちっぽけに見えることか！　きみ、ジャン・パウルはよく読むほうかい？」

「ああ、まあ人並みには。カーライルからさかのぼって、読むようになったんだ[6]」

「なるほど、小川をたどっていって、水源の湖に達したわけか。そのジャン・パウルが、ある奇抜な、だが意味深い言葉を遺している。〝自らの卑小さを認識することにこそ、人間の真の偉大さを示す主たるあかしがある〟というものだ。ここで言われているのは、比較し、かつ真価を知る力についてであって、これこそが、人間の高貴さの証拠にほかならない。実際、彼の著作には、思索の糧《かて》になる含蓄ある言葉があふれているよ。きみ、ピストルは持ってきていないだろうね？」

「ステッキならある」

「首尾よく二人組のねぐらにたどりつけたら、その種のものが必要になる事態が待ってるかもしれない。ジョナサンはきみにまかせるが、もうひとりのほうが万一、手に負えなくなるようなら、ぼくとしては射殺することも辞さない」

そう言いながら、ホームズはリボルバーをとりだし、二発だけ弾をこめると、上着の右のポケットにもどした。

こうした話のあいだも、私たちはトービーに先導されて、首都ロンドンに通ずる半田園地帯の、庭つき住宅の建ち並ぶ街道を歩きつづけていた。それがいま、ようやく、とぎれめなく街路のつづく繁多な界隈にさしかかり、すでに起きだしている労務者や港湾労働者、あるいは、鎧戸をおろしたり、門口を掃いたりしている、自堕落な恰好をした女たちの姿が散見されるようになってきた。通りの角々の、独特の四角い屋根のめだつパブも、いましがた店をあけたばかりらしく、朝の一杯をひっかけた荒くれ男たちが、袖口でひげを拭いながら出てくる。そのへんをうろつく見慣れぬ犬どもが、ぶらぶらと近づいてきて、通り過ぎる私たち一行を物珍しげに見送ったが、われらが比類なきトービーは、それらには目もくれず、ひたすら鼻面《はなづら》を地面にすりつけながらどこまでも歩きつづけ、ときたま、勢いこんでくんと鼻を鳴らして、新たに強い臭跡に出あったことを告げるや、またも先へと突き進む。

かくして私たちはストレタムを過ぎ、ブリクストン、キャンバウェルを横断し、いまやケニントン・クリケット場の東側の脇道を通り抜けて、ケニントン・レーンまできていた。私たちの追う二人組は、どうやら人目につくのを避けようとしてか、妙なジグザグのコースをとっているらしい。並行する脇道のあるところでは、けっして本通りを行かず、ケニントン・レーンのはずれまでくると、徐々に左へそれて、ボンドウェイからマイルズ街へと抜けた。そしてこのマイルズ街がナイツ・プレースへと折れるところで、トービーはふいに前進をやめると、前へ、後ろへと、うろうろ駆けまわりだした——片耳をたて、片耳は力なくたらし、犬としての当惑を絵に描いたようなふぜいだ。そのうち、今度はひとつところをぐるぐる円を描いてまわりはじめ、ときおり、困惑しきって同情をもとめるように、ちらちらと私たちを見あげる。

「いったいこいつ、どうしちゃったんだ?」ホームズがうなった。「まさか連中が辻馬車を拾うとか、気球で逃げるとかしたはずもなし」

「ここでしばらく立ち止まってたんじゃないのか?」私は言ってみた。

「いや! だいじょうぶだ。また歩きだした」連れがほっとしたように言った。

いかにもトービーは前進を再開していた。もう一度あたりをくんくん嗅ぎまわったあと、とつぜん意を決したかのごとく猛然と突き進みだしたが、その勢いや決然たるようすは、いずれもこれまでの動きに輪をかけたような力強さだ。見たところ、臭跡はここへきて一段とはっきりしてきたらしく、その証拠に、もはや地面に鼻をすりつけることさえせず、引き綱をぐいぐいひっぱるどころか、それをふりきって駆けだしたがるそぶりさえ見せる。ホームズの爛々《らんらん》たる眼光から、私にもこの追跡がいよいよ終着点に近づいていることが察せられた。

やがて私たちの針路はナイン・エルムズを直進して、最後にパブ〈白鷺亭《ザ・ホワイト・イーグル》〉のすこし先、ブロダリック・アンド・ネルソン製材工場の広大な貯木場へと達した。ここまで先導してきたトービーは、ここで興奮のあまりぶるっと身をふるわせるや、いきなり脇の通用口から、すでに操業の始まっている貯木場内へとびこんでいった。構内のおがくずやらかんなくずの山を蹴散らし、狭い小路を抜け、とある脇道をぐるっとまわり、材木の山のあいだを通過して、最終的にわれらがワン君は、一声高く勝鬨《かちどき》の声をあげるなり、大きな樽のひとつ――そこまで運ばれてきた手押し車に載せられたままの――にとびついていった。舌を長くたらし、目を輝かせ、トービーは樽のそばに立ちはだかると、どうだ、よくやったろうと言わんばかりに、私たちふたりを交互に見くらべた。その樽の樽板も、また手押し車の車輪も、ともにべっとりと黒い液体にまみれていて、あたりにはつんとくるクレオソートのにおいが充満していた。

シャーロック・ホームズと私は、いっとき呆然として顔を見あわせたが、やがて、こみあげてくる笑いに、ともにげらげらとこらえようもなく笑いだしたのだった。

(1) 絨毯《ステアロッド》おさえは、絨毯をおさえるために階段の蹴上げの基部に渡す、おもに真鍮《しんちゅう》製の横棒。
(2) ラーチャーは犬種ではなく、かつて密猟者が用いたグレイハウンドとテリアまたはコリーとの交配種の犬を言う。
(3) 原文はたんに〝宮殿《パレス》〟だが、〈ポンディシェリ・ロッジ〉の位置から、〈水晶宮〉とする見かたが一般的である。
(4) マティーニ銃は、正確には〝マティーニ＝ヘンリー銃〟と言い、一八七一年に英軍の制式銃として採用された、後装式の四五口径ライフル。
(5) 第一章の訳注(2)を参照のこと。ここの〝アキレス腱〟も少々矛盾する記述。
(6) 〝ジャン・パウル〟は、ドイツの作家・ユーモリストのジャン・パウル・フリードリヒ・リヒター(一七六三―一八二五)の筆名。彼をイギリスに紹介したのがトマス・カーライルであった。

8 〈ベイカー街少年隊〉

「さて、どうする？」私は問うた。「ぜったい狂いがないときみの言うわがトービー氏の嗅覚にも、ここへきて、ついに狂いが生じたということかな？」

「いや、こいつはただ自分なりの信念にしたがって行動しただけだよ」ホームズはそう言いながらトービーを樽のそばから抱きおろすと、貯木場の外へと連れだした。「いったいこのロンドン市中で、一日にどれだけの量のクレオソートが、こうやって荷車で運ばれてるか、それを考えてみれば、われわれの追う臭跡がほかのやつと交錯したって、べつだん不思議はない。きょうび、この薬剤は、とくに材木の乾燥用として大量に使われてるようだからね。かわいそうに、トービーのせいじゃないさ」

「すると、われわれとしては、また逆もどりして、もとの臭跡を追うことになるわけか」

「そうだ。さいわい、そう遠くまでもどる必要はない。なぜって、こいつが迷ったのは、ナイツ・プレースの角で、そこから二本の臭跡がそれぞれ逆の方角へ向かっていたからに相違ないんだから。そのうちのまちがっているほうを、われわれは追ってきたわけだ。あとは、もう一本のほうを追えばいいだけのことだよ」

そうするのには、なんの造作もなかった。さいぜん道をまちがえた地点までトービーを連れてゆくと、彼は大きく円を描きながらそこらを嗅ぎまわったあげく、やがて新たな方角へむけて猛然と駆けだしたからだ。

「さっきのクレオソートの樽がどこから運ばれてきたのかは知らないが、その出どこまで連れてゆかれないようにしないといけないね」ふと思いついて、私はそう言った。

「それはぼくも考えたさ。だけど、ほら、見たまえ――やっこさんはずっと歩道づたいに進んでる。樽のほうは当然、車道を通って運ばれてきたはずだからね。だいじょうぶ、今度こそはまちがいなく本物の臭跡だよ」

道はしだいに河岸へと向かい、ベルモント・プレースからプリンシズ街を抜けていった。ブロード街のはずれまでくると、そこで右折して、まっすぐ河べりに出る。その水ぎわに、材木を組んで造った小さな船着き場があり、トービーはその突端すれすれのところまでわれわれを導いてゆくと、立ち止まって、鼻をくんくん鳴らしながら、足もとの暗い流れを見つめた。

「しまった、運に見はなされたようだな」ホームズが言った。「やつら、ここから船に乗ったんだ」

船着き場の周辺には、何艘かの小型の平底舟《パント》や軽舟《スキフ》がもやっていた。われわれはトービーにそれらを一艘一艘、嗅いでまわらせたが、鼻をふんふん鳴らして熱心に嗅ぎはするものの、それ以上の反応はいっこうに示さない。

その粗末な船着き場のすぐそばに、一軒の小さな煉瓦建ての家があった。手前から二番めの窓に、木の看板が出ているのが見える。大きな活字体で、〈モーディカイ・スミス〉とあり、その下には、〈貸し船——時間決めまたは日決め〉。入り口の扉の上にも、べつの看板がかかっていて、こちらのには、汽艇《ランチ》の用意もある旨がしるされている——なるほど、突堤の上には、ちょっとしたコークスの山、それがこの事実を裏づけているようだ。こうしたたたずまいを、シャーロック・ホームズは順にゆっくりと見まわしていったが、その面《おもて》には、ありありと険悪な表情が浮かんでいた。

「まずいな、これは」と言う。「この二人組、思ったよりも抜け目がない。ちゃんと足跡《そくせき》をくらますように手を打ってるよ。どうやら、あらかじめ段どりを打ちあわせてあったらしい」

彼がその家の戸口へ近づこうとしたとき、いきなり扉がひらいて、六つばかりの小さな縮れ毛の男の子がとびだしてきた。すぐ後ろから、どっしり肥った赤ら顔の女が、大きなスポンジを手にして追いかけてくる。

「これジャック、お待ち、顔を洗ってやるから」とどなる。「お待ちと言ったら、この腕白《わんぱく》めが。そのうちとうちゃんが帰ってきて、そんな汚い顔をしてるところを見られてみな——こっぴどくどやされるから」

「おや、これはかわいい坊やだ！」と、ホームズがすかさず声をかけた。「薔薇色《ばらいろ》のほっぺをして、じつに愛くるしいじゃないか。お待ち、ジャック、おじさんがいいものをあげよう。なにがほしい？」

子供はちょっと思案した。

「一シルおくれ」と言う。

「それだけか？　もっといいものがほしくはないか？」

「だったら二シルのほうがいいな」またちょっと思案したすえに、天才児は答えた。

「そうかそうか、じゃああげよう！　ちゃんと受けとめるんだぞ！――よし。なかなかいい子だね、スミスのおかみさん」

「はあ、おかげさまで、旦那さん。でも、生意気でねえ。近ごろじゃ、あたしの言うことなんか、てんで聞きゃしない。亭主が家をあけてるときは、とくにそうなんで」

「というと、ご亭主は留守？」ホームズはがっかりした口調で言った。「そりゃ残念だな。スミス氏に相談があってきたんだが」

「きのう、夜の明けないうちに出たきり、帰らないんですよ。じつをいうと、あたしもちょっと心配になってきてましてね。でも、船のご用命でしたら、あたしでも話は通じますけど」

「お宅のランチを借りたいと思ってるんだ」

「おや、それは生憎《あいにく》でしたね――そのランチなんですよ、うちのが乗って出たきりなのは。あたしがおかしいと思うのも、じつはそこなんでして――だって、せいぜいウリッジまで往復するくらいの石炭しきゃ積んでませんでしたからね。亭主が艀《はしけ》で出たんだったら、あたしだってべつに気にしやしません。艀でグレーヴズエンドまで遠出するくらいはいつものことだし、出先で仕事が多けりゃ、二、三日、帰らないことだってありますから。でも、今度ばかりはね――石炭がなくちゃ、ランチは動きがとれませんでしょう」

「石炭なら、下流のどこのドックでだって買えるんじゃないかな」

「買えることは買えますけどね、旦那さん——ただ、そういうのはうちの亭主の流儀じゃないんで。ほんの二、三袋の石炭にいくらいくらぼられたとか、亭主がさんざんいきまくのを何度聞かされたことやら。おまけにね、あたしとしちゃ、あの木の義足の男も気に食わない——ひどいご面相で、おまけに話しっぷりもへんてこだし。それがいったいなんの用があって、しょっちゅうこのへんをうろつくのか」

「木の義足の男だって?」ホームズが素知らぬふりで驚いてみせた。

「そうなんですよ、旦那さん。茶色く焼けた、エテ公みたいな顔の男で、そいつがちょいちょいここを訪ねてくるんです。きのうの夜中も、そいつがうちのをたたき起こしましてね。しかも、うちのもそいつがくるのを心得てたみたいで——だって、前もってランチの汽罐《かま》を焚《た》いて、いつでも出せるようにしてましたから。ですからね、旦那さん、そんなこんなで、あたしゃ気がもめてならないんです」

「しかしね、スミスのおかみさん」ホームズは軽く肩をすくめてみせながら言う。「そりゃおかみさんの取り越し苦労ってやつじゃないのかな。だいいち、夜中に訪ねてきたのがその義足の男だって、どうしてわかるんだね? おかみさんがそうと決めてかかる理由がわからないんだが」

「声ですよ、旦那さん。聞き覚えのある声でしたから——しゃがれた濁声《だみごえ》で。そいつが窓をたたいて——そう、三時ごろでしたかね——『起きろ、大将、出番だ』って、そう言うんです。亭主はジムを起こして——ジムってのは、うちの長男ですが——いっしょに出てっちゃいました。あたしには一言の挨拶もなしで。あたしゃね、義足が石畳にこつこつと響くのだって、この耳でちゃんと聞いてるんですから」

「なるほど。で、その義足の男は、ひとりできたのかい？」

「それはあたしにゃわかりませんね、旦那さん。ほかには声も足音も聞こえなかったけど」

「そうか、そりゃ困ったたな、スミスのおかみさん。なんせ、ランチが借りたくてきたもんだから。評判のいい船だし——ええと、名前はなんてったっけ？」

「〈オーロラ〉号ですよ、旦那さん」

「そうそう、それだ！　たしか、緑に黄色の帯のはいった、古いランチだっけ？——幅が普通のよりもだいぶ広い？」

「いいえ、ちがいますよ。この河筋じゃめったに見かけない、すっきり細身のきれいな船です。塗装だって、こないだ新しくしたばかりでしてね——黒地に赤い帯が二本はいってます」

「いやありがとう、お世話様。ところでご亭主だが、遠からずなにか連絡があると思うよ。これからぼくも河をくだるから、途中で〈オーロラ〉号を見かけたら、おかみさんが心配してたって、そう伝えておこう。黒い煙突、だったたね？」

「ちがいますよ、旦那さん。黒に白い帯が一本はいってるやつです」

「ああ、そうだったな。黒いのは船腹だっけ。じゃあ失礼するよ、おかみさん。さてとワトスン、ちょうどあそこの漕ぎ舟《ウェリー》に船頭がいる。あれで河を渡るとしよう」

やがてそのウェリーに腰を落ち着けたところで、ホームズは言葉を継いだ——

「ああいう手合いと話をするときにはね、向こうの言うことがこっちにとって、わずかでも値打ちがある、とぜったいに相手にはさとらせないのがなにより肝心なのさ。それをさとらせてしまったが最後、向こうは牡蠣《かき》のように口をとざしちまう。逆に、こっちの言うことにいちいち反論させるというのかな、まあそんなふうに話を持ってゆくと、望むだけのことはたいがい訊きだせるってわけだ」

「ともあれ、これでわれわれのここからの方針も、だいぶはっきりしてきたようだね」私は言った。

「じゃあ訊くが、きみならどういう方針で行く?」

「どこかでランチを雇って、〈オーロラ〉号を追って河をくだる」

「だめだめ、そりゃとんでもない大仕事だぜ。向こうはここからグリニッジまでのあいだの、左右どっちの側の、どこの船着き場に船を着けてるか、わかったもんじゃないんだ。このヴォクソール橋(1)から下流にかけては、そういう係船渠《ドック》が何マイルにもわたって、文字どおり櫛比《しっぴ》している。それらをひとつひとつあたって、つぶしてゆくとなると、単独でやってるかぎり、それこそ何日もかかっちまうだろう」

「ならば警察に頼めばいい」

「それもだめだ。いずれ最後の段階になったら、アセルニー・ジョーンズのやっこさんにも、一枚噛《か》ませてやったっていいけどね。悪い男じゃなし、警察でのやっこさんの立場を傷つけるつもりもないから。ただ、これはぼくの虚栄心かもしれないが、せっかくここまで独自にやってきたんだから、最後まで独自に進めていきたいのさ」

「じゃあ広告を出すという手もある——それぞれのドックの所有者なり、管理人なりから、船についての情報をもとめるのさ」

「ますますもってまずいじゃないか！　広告を見れば、敵も追っ手が身近に迫ってるのを感づく。そしてたちまち国外逃亡、一巻の終わりだ。いまのままだって、いつ逃げられるかしれない点ではおなじだが、自分たちの身が安全だと向こうが思ってるかぎりは、そう急ぐこともあるまい。じつはそこのところで、ジョーンズのやっこさんの精力的な活動が役に立ってくれてるわけでね。なんせ、やっこさんの見解は毎日のように新聞に書きたてられるから、敵もそれを見てれば、捜査陣がひとり残らず見当ちがいな獲物を追ってると思いこむはずだ」

ミルバンク監獄の近くで舟を降りながら、私はたずねた。「だったらきみはどうするつもりなんだ」

「そこにいる二輪辻馬車を拾うさ。それでうちへ帰って、朝食をしたため、一時間ばかり仮眠をとる。今夜また、さんざん歩かされることになるのは必定だからね。おおい御者《ぎょしゃ》君、どこかに電報局があったら、いったん停めてくれ！　トービーのやつは、まだしばらく用があるかもしれないから、借りたままにしておこう」

グレート・ピーター街の郵便局で馬車が停まると、ホームズはそこから電報を打った。

「だれ宛てに打ったと思う？」そう問いかけてきたのは、馬車がまた走りだしてからだ。

「ぼくにわかるもんか」

「きみも覚えてるだろう――ジェファスン・ホープの事件のときにぼくが使った警察がわりの連中、〈ベイカー街少年隊《ベイカー・ストリート・イレギュラーズ》〉の面々を?」

「覚えてるが、それが?」私は笑って答えた。

「今度のこういう事件でこそ、あの連中が役に立ってくれるはずだってことだよ。それでうまくいかなければ、またべつの手もあるが、とりあえずは連中にやらせてみよう。いまの電報は、わが〈少年隊〉の小さな垢まみれの隊長殿、ウィギンズに宛てて打ったのさ。きっとわれわれが朝食も終えないうちから、彼とその一統が押しかけてくるだろう」

時刻はいま午前八時から九時のあいだ、事件に次ぐ事件の一夜を過ごしたあと、私もさすがにその反動が強くきているのを感じていた。心身ともに疲れきって、体はぐったり、頭も朦朧《もうろう》としている。私には、同室の友人を動かしているような職業的な情熱もなければ、事件を一個の知的な抽象問題として、ながめる姿勢も持てない。バーソロミュー・ショルトーの死についていうなら、その人物に関して、さほどの好評は聞いていないし、それゆえ彼の殺害犯人にたいしても、強い憎しみを感じるにはいたらない。しかるに、消えた財宝のこととなると、また話はべつだ。それは、あるいはすくなくともその一部は、正当な権利としてモースタン嬢に帰属すべきものなのである。わずかでもそれをとりもどせる見込みがあるのなら、私はそのために一身をなげうっても悔いはない。いかにも、それがほんとうにとりもどされたあかつきには、彼女は永遠に私の手の届かぬひととなる、このことは事実だ。とはいえ、そういう考えに左右されるようでは、所詮その愛は卑小なもの、身勝手なものでしかあるまい。ホームズが殺害犯人を見つけるために粉骨砕身できるのであれば、この私もまた、財宝をなんとか見つけだしたいという、その十倍も強い意欲に動かされているのである。

ベイカー街にもどって、風呂にはいり、上から下までそっくり衣服を改めてしまうと、気分は驚くほど晴ればれしてきた。そのあと居間へ降りていってみると、すでに朝食が用意されていて、ホームズはコーヒーをついでいるところだった。

「ほら、出てるぜ」笑いながら言って、ひろげた新聞をゆびさす。「精力家のジョーンズ大先生と、どこにでも出没する新聞記者諸君とで、都合よく話をつくりあげてくれてる。もっともきみには先刻承知の話ばかりだろう。先にハムエッグをやっつけちまったほうがいいよ」

ひとまず彼の手から新聞を受け取ると、その短い記事に目を通してみた。〈アパー・ノーウッドの怪事件〉なる見出しがついている――

昨夜十二時ごろ（と、《スタンダード》紙は書いている）、アパー・ノーウッドは〈ポンディシェリ・ロッジ〉在住のバーソロミュー・ショルトー氏が、自宅居室で遺体となって発見され、状況から他殺が疑われている。これまでに判明したかぎりでは、遺体に暴行が加えられた痕跡は見受けられないが、いっぽう、故人が父君より相続した、高価なインド渡来の宝石コレクションの紛失も明らかになっている。事件の第一発見者は、故人の弟にあたるサディアス・ショルトー氏とともにこの家を訪れた、シャーロック・ホームズ氏ならびにワトスン博士であったが、ここに、天の配剤というべきか、ロンドン警視庁《スコットランドヤード》の著名な捜査官アセルニー・ジョーンズ氏が、たまたま地元のノーウッド警察署にきあわせており、通報を受けて三十分後には、現場に到着した。経験豊富な氏は、その熟達した技をもってただちに殺害犯人の追求にかかり、ほどなくしてこれが、故人の弟サディアス・ショルトーの逮捕という喜ばしい結果に結びついた。サディアス・ショルトーとともに、現場の家の家政婦バーンストン夫人をはじめ、ラル・ラオなるインド人執事、マクマードーなる門衛もしくは玄関番らも逮捕されている。盗賊または盗賊一味が、この家の事情に明るいものであったことは確実であり、よく知られたジョーンズ氏の該博な専門知識と、細部までゆるがせにせぬその緻密な観察力とが相俟《あいま》って、悪漢一味はドアもしくは窓から侵入したものではなく、建物の屋根をまわり、天窓から屋根裏部屋経由で、遺体の発見された部屋に達したものであることがつきとめられるにいたった。きわめて明快に解き明かされたこの事実は、これがたんなる侵入盗のしわざではないことを余すところなく立証している。警察当局のこの迅速かつ精力的な行動は、かかる事件にさいして、ひとりの熱意ある、熟練した人物の存在が、いかに有効であるかを示すものだろう。近ごろ、警察の機能を一本化するよりも、むしろそれをより広範囲に分散して、第一線の捜査官と、彼らの手がける事件との距離を縮め、いっそうの能率化をはかるべしとの声が聞かれるが、今回の事例は、まさしくそうした主張への強い後ろ楯となるだろうことは疑いを容れない。

「どうだい、たいしたもんだろう?」と、ホームズがコーヒーカップの上からにやりと笑いかけてきながら言った。「で、きみは、それを読んで、どう思う?」

「ぼくらは事件の犯人として逮捕されるところをあやうくまぬがれたらしい、そう思うよ」

「ぼくも同感だ。いや、いまもけっして安全とは言いきれない――そのうちまたぞろあのせんせいが、精力的活動の虫にとりつかれでもすれば、ぼくらの立場もあぶないものさ」

まさにその瞬間だった――呼び鈴がけたたましく鳴りわたり、狼狽《ろうばい》して声を高めた家主のハドスン夫人が、しきりにだれかを制止しようとしているようすが聞こえてきた。

「まずいよ、ホームズ」私もあわてて腰を浮かせながら言った。「ほんとうにやつら、踏みこんできたみたいだぞ」

「いや、だいじょうぶだ、まだそこまでは行ってないから。あれは本職の警官じゃない――わが〈ベイカー街少年隊〉の面々だよ」

彼がそう言ううちにも、裸足の足音が入り乱れて階段を駆けあがってきたかと思うと、がやがやとかんだかい声が響いて、十人余りの汚いぼろをまとった浮浪児の一隊がなだれこんできた。無秩序ななかにも、多少は規律らしきものもあると見え、どやどやとはいってくるなり、すぐに一列横隊に並ぶと、指令を待つように、こちらを向いて気をつけの姿勢をとった。なかでいくらか年かさの、背も高いのが、ことさらゆっくりと、もったいぶって前へ進みでたが、このようなぼろ服のかかし然とした子供が、そうやって威儀を正しているようすたるや、なんとも滑稽《こっけい》と言うしかなかった。

「電報をもらったんで」と言う。「すぐにみんなを連れてやってきました。電車賃は三シル六ペニーです」

「じゃあその分だけ渡しとこう」ホームズはそう言って、銀貨を何枚かとりだした。「それから な、ウィギンズ、今後はおまえがみんなの報告をまとめて、おまえがひとりでそれを伝えにくるように。毎度こんなふうに大勢で押しかけられちゃ迷惑だからな。ただし、いまはげんにこうして顔をそろえている以上、今回にかぎり、全員にじかに指示を伝える。〈オーロラ〉号というランチの行方が知りたい。船長はモーディカイ・スミス、船体は黒に赤い筋が二本。煙突も黒で、白い筋が一本。いまごろは河筋のどこかをくだっているはずなんだが、おまえたちのうち、ひとりはミルバンクの対岸の、モーディカイ・スミスの船着き場に張りついて、船がもどってこないかどうかを見張っていてもらいたい。ほかのものは二手に分かれて、河の両岸を徹底的にあたる。なにかつかんだら、ただちにここへ報告にくること。わかったね?」

「はい旦那、よくわかりました」と、ウィギンズ。

「駄賃はいつもどおりの割合で支払うし、船を見つけたものには、ほかに褒美も一ギニー。ほら、一日分を前渡ししておく。さあ、わかったら、一同解散!」

ホームズが各自に一シリングずつ渡すと、少年たちは潮のひくようにざわざわと引き揚げてゆき、そのあとすぐ、下の往来をいっせいに駆けだしてゆく彼らの後ろ姿が見えた。

「〈オーロラ〉号が河筋のどこかにいるかぎり、連中がきっと見つけだしてくるさ」ホームズはそう言いながら食卓を離れると、パイプに火をつけた。「あの連中はどこへでも行くし、どんなことでも見る。だれの話でも聞きつけてくる。夕方までには、ランチを見つけたという報告が聞けるだろう。だがそれまでは、われわれもただ待つ以外にやれることはない。〈オーロラ〉号かモーディカイ・スミスか、どちらかを見つけださないかぎり、とぎれた臭跡はつながらないんだ」

「トービーにこの皿の残り物、食わせてやってもかまわないだろうな。それでホームズ、きみはこれからすこし寝るのか？」

「いや、疲れていないんだ。どうもいささか妙な体質でね。仕事ちゅうは、疲れを感じた覚えがない。そのかわり、だらけてると、たちまち体調がおかしくなる。しばらく煙草でもやりながら、目前のこの一件――かのうるわしき依頼人嬢から託された、なんとも奇妙きてれつな一件――について思案してみるよ。およそこの世にたやすい仕事というものがあるなら、今度のこれこそ、まさにそれでなきゃならないんだけどね。まあ木の義足の男にしても、そうざらにいるわけじゃないけど、もうひとりのほうとなると、それこそ唯一無二と言っていいくらいの存在なんだから」

「そうか、問題はそのもうひとりの男だったな！」

「ぼくだってどのみち、そのことできみを煙《けむ》に巻くつもりなんかないんだ。しかし、きみにしてももうそろそろ、それなりの見解ができてていいころだろう。さあ、データならいろいろ挙がってる――それを検討してみたまえ。ちっぽけな足跡。一度も靴で締めつけられたことのない足。裸足。石の頭をつけた棍棒。人並みはずれた敏捷さ。細い針に似た毒矢。どうだい、こういったものから、なにをきみは連想する？」

「未開人だ！」私は叫んだ。「おそらく、ジョナサン・スモールの仲間だったインド人のひとりだろう」

「いや、それはまずなさそうだよ」ホームズは答える。「はじめにああいった特異な武器を目にしたときには、ぼくもその考えに傾いた。しかし、足跡を見て、そのめったにない特徴に気づいてからは、考えを改めたんだ。たしかに、インド亜大陸の先住民にも、非常に小柄な人種がいることはいる。が、それらのいずれも、ああいう足跡を残すことはない。ヒンズー系は、元来、足の幅が狭く、細長い。イスラム系はサンダルを履くし、サンダルの紐を普通は親指と第二指のあいだにはさむから、親指だけがほかの指からはっきり離れている。例の毒矢にしても、あれを飛ばすには、方法はひとつしかない。吹き矢筒で吹くのさ。さあ、以上を考えあわせて、その未開人はどこからきたと見なすべきだろう」

「南米かな」私はあてずっぽうを言ってみた。

ホームズはいきなり手を上にのばすと、棚から分厚い書物をとりおろした。

「これはね、現在刊行ちゅうの、ある地名大百科事典の第一巻だ。最新の、もっとも権威あるものと見ていいだろう。さて、ここになんと出ているかな？　〝アンダマン諸島――スマトラの北方三百四十マイル、ベンガル湾に位置する群島〟。ふむ！　ふむ！　あとはなんだ？　気候は湿潤、珊瑚礁、鮫の棲息、行政中心地はポートブレア、流刑囚収容所、ラトランド島、箱柳の群生――ああ、ここにあったぞ！　〝アンダマン諸島の先住民は、おそらく、地球上最小の種族であるという特徴を有するであろう。ただし、人類学者のなかには、アフリカのブッシュマン、北米大陸のディガー・インディアン[2]、あるいは、ティエラ・デル・フエゴ[3]の先住民等をもって、最小とする説をとるものもある。この種族の平均身長は、四フィートをいくらか下まわるが、それよりはるかに低い背丈しか持たない成人も、数多く見受けられる。性は獰猛《どうもう》、かつ佞悪《ねいあく》にして、教化のはなはだ困難な種族であるが、反面、いったん信頼関係が確立されれば、このうえなく忠実な友となる可能性をも有する〟。聞いたかい、ワトスン、ここんとこ、忘れないでくれよ。さて、そのあとはこうだ――〝おおむね外見は醜悪にして、いちじるしく大きな頭、小さく凶猛な目、ゆがみ、ねじまがった顔貌を持つが、対照的に手足は小さいのが特徴。馴育《じゅんいく》がむずかしく、生来獰悪《どうあく》であるため、多少なりともこれを教化せんとする英国当局の再三にわたる試みは、ことごとく失敗に終わっている。さらにこの種族は、この地に漂着する難破船の乗組員らにとって、かねてより恐怖の的となってきた。生存者は、独特の石の頭のついた棍棒で頭蓋を打ち砕かれ、あるいは毒矢を射かけられるなどして殺害されるが、こうした殺戮は、例外なく、人肉嗜食の大饗宴をもって終わる〟。どうだいワトスン、なかなか善良かつ人好きのする人種らしいじゃないか！　今度のこの一件でも、かりにこいつのやりたいようにやらせていたとしたら、もっともっと悲惨な結果になっていたかもしれない。いや、実際にあったことからだけ考えてみても、きっとジョナサン・スモールはいまごろ、こういうやつを仲間に加えずにすめばどんなによかったかと、後悔の臍《ほぞ》を噛んでるにちがいないよ」

「しかしそれにしても、どうしてそんなとんでもない相棒と組むことになったのかな？」

「さあ、そのへんはぼくにもよくわからない。とはいえ、スモールがアンダマン諸島から逃げてきただろうことは、すでにぼくらのあいだでは定まった事実なんだから、その島の先住民が彼に同行していたとしても、べつだん不思議でもあるまい。まあそういったことは、いずれすっかり判明するよ。ところでワトスン、きみ、えらくまいってるようだぞ。そこのソファに横になるといい。お節介ながら、このぼくが寝かしつけてさしあげよう」

部屋の隅からバイオリンをとってくると、ホームズは私が身を横たえるそのかたわらで、低く、夢見るように、歌うような調べを奏ではじめた——知らない曲だが、即興演奏に特筆すべき伎倆を発揮する彼のことだから、さだめしこれも自作の曲だろう。痩せたその腕の動き、真剣な顔つき、上がり下がりする弓、それらがおぼろげに記憶に残っているが、そのうち、やわらかな音の波に揺られて、そのまま静かにどこかへ運ばれてゆくような心地になり、いつしか夢の国をただよっている自分に気づいた。そしてその私を、メアリー・モースタンの面がやさしく見おろしているのだった。

(1) 原文は〝the bridge〟で、固有名詞はないが、ここまでの記述から位置関係を類推すると、この橋はヴォクソール橋であると思われる。

(2) ディガー・インディアンは北米西部の先住民。草木の根を常食とするため、〝根掘り《ディガー》〟と呼ばれる。

(3) ティエラ・デル・フエゴは、南米南端にある群島。マゼラン海峡をはさんで本土と向かいあう。

9　連鎖が断たれる

　午後も遅くなって、ようやくめざめたときには、すでに疲れもすっかりとれて、生きかえったような心地になっていた。シャーロック・ホームズは、私が寝入ったときとそっくりおなじ姿勢ですわっていたが、いまはバイオリンを脇に置き、手にした本に読みふけっていた。私が身じろぎした気配で顔をあげると、まっすぐこちらを見たが、その面《おもて》は暗く、憂悶《ゆうもん》にとざされていた。

「ぐっすり眠ってたよ。こっちの話し声で目がさめなきゃいいと思ってたんだが」と言う。

「いや、なにも聞こえなかった」私は答えた。「すると、新しい情報がはいったんだね？」

「あいにくと、そうじゃない。正直な話、意外でもあるし、がっかりもしている。もういまごろは、なんであれ確実な手がかりをつかんでるはずだったんだが。いましがた、ウィギンズが報告にきた。例のランチの足どりは、まったくつかめないとさ。こういう停頓は腹だたしいかぎりだよ――いまは一刻一秒を争うときなんだから」

「ぼくにできることでもないかい？　もうすっかり元気回復して、あと一晩くらい、遠出でもなんでもしてみせるといった気分だ」

「いや、いまはなにもできない。ただ待つだけさ。ぼくらが家をあけちまったら、留守に報告が届いた場合、つぎの手を打つのがそれだけ遅れるおそれがある。きみは好きなようにしていたまえ。ぼくはここでひたすら待機する」

「ならば、キャンバウェルまで出かけて、セシル・フォレスター夫人を訪ねるとしよう。ゆうべからの報告もあることだし」

「ほう、セシル・フォレスター夫人をね？」と、ホームズ。目にはかすかに悪戯《いたずら》っぽいきらめきを宿している。

「いや、モースタン嬢も、だけどね、むろん。ふたりとも、その後の成り行きをひどく知りたがってるんだ」

「といっても、ぼくならそのへんをあまり詳しくしゃべったりはしないがね。女性というのは、いつの場合も、とことんまで信頼しきることはできないという通弊がある――どんなにすぐれた女性においてもだ」

こういう言語道断な偏見にたいして、わざわざ反論するほどの閑人では私はない。

「一時間か二時間でもどるから」とだけ答える。

「よしわかった！　幸運を祈るよ！　ところでだ、もし河向こうへ行くのであれば、ついでにトービーを返してきてくれないか――もうこいつの力を借りることもなさそうだから」

そこで私はわが雑種犬探偵を連れて下宿を出、半ソヴリンの金貨を添えて、ピンチン・レーンの老剝製師のもとまで送り届けた。キャンバウェルへ行ってみると、モースタン嬢はゆうべの冒険で多少疲労の色は見えたが、それでいて、事の次第は熱心に知りたがった。フォレスター夫人も、おなじく好奇心にうずうずしているようすだ。私はふたりを相手に一部始終を物語って聞かせたが、それでも、その惨劇のあまりにおぞましい部分は省くようにした。したがって、ショルトー氏が死んでいたことは伝えたものの、正確な遺体の状況とか、死因については、いっさい明かしていない。だがこの省略だらけの報告を耳にしただけでも、ふたりの女性はおおいに驚き、かつ興奮した。

「そっくり中世の騎士物語じゃありませんか！」と、フォレスター夫人。「受難のたおやめとか、五十万ポンドもの財宝とか、黒い人食い人種とか、それにその〝木の義足をつけた悪漢〟とか。どれもむかしながらの龍《ドラゴン》だの、邪悪な伯爵だのといった道具立てに代わるものでしょう？」

「おまけに、救助に駆けつける遍歴の騎士もふたり」と、モースタン嬢もきらきらした目でちらりと私を見ながら言う。

「そうですとも。ねえメアリー、あなたの運命は、今後のこの事件の展開如何《いかん》にかかってるんですよ。なのにあなた、あんまりわくわくしてるようには見えないわね。考えてもごらんなさいな――大金持ちになって、世界が足もとにひれ伏すというのがどんな気持ちのものか！」

私の心がほんのすこし喜びにふるえたのは、モースタン嬢がそのような将来像を聞かされても、すこしもはしゃぐようすを見せなかったときだ。はしゃぐどころか、そんな些細な問題には、たいして関心などないと言いたげに、毅然として頭をそらし、言ったのだった――

「それよりも、サディアス・ショルトーさんのことが気がかりですわ。ほかのことはどうでもよろしいけど、あのかたは終始一貫して思いやりがおありになったし、おふるまいもりっぱでした。あのかたにかけられたその恐ろしい、いわれのない嫌疑を晴らしてさしあげるのは、わたくしどもの義務ではありませんかしら」

私がキャンバウェルを辞したのは夕刻、下宿に帰り着いたのは、すでに暗くなってからだった。同居人の本とパイプとは、彼の愛用の椅子のそばにあったが、本人の姿はなかった。置き手紙でもないかと、そのへんを探してみたが、なにも残されていない。

ハドスン夫人が窓の鎧戸をしめにきたときに、「シャーロック・ホームズ君は出かけたのかい？」と訊いてみた。

「いいえ。ご自分のお部屋にひきこもっておいでです。じつを申しますとね」と、いかにも重大そうに声をひそめて、「わたしもあのかたのお体を心配してるところなんですよ」

「なぜそう思うんだね、ハドスンさん」

「なぜって、なんだかごようすがへんですから。先生がお出かけになってからこっち、ずっとお部屋のなかを行ったりきたり、行ったりきたりなさってて、そりゃもううるさいくらい。そのうち、今度は、なにやらぶつぶつとひっきりなしに独り言が始まって、しかもそのあいだに玄関のベルが鳴ると、そのつど階段の上まで出ていらして、『なんです、いまのは、ハドスンさん？』とお訊きになる。そしていまはまたああしてドアをたてきって、お部屋にこもっておいでなんですけど、あいかわらずなかでぐるぐる歩きまわってらっしゃるのが聞こえます。まさか、どこかおぐあいでもお悪いんじゃないでしょうね、先生。さっき、思いきって熱冷ましでもお持ちしましょうかって申しあげたんですけど、なにやらこわい目でじろりと睨《にら》まれたきり。とりつくしまもなくて、早々に退散してまいりましたんですよ」

「いや、べつに心配するようなことはないと思うよ、ハドスンさん」私は答えた。「ホームズ君のそういうようすは、これまでにもなかったわけじゃないしね。なにか心にかかることがあると、そうやって落ち着かないそぶりを見せるんだ」

この実直な下宿の女主人には、極力さりげない応対をしておいた私だったが、それでも、その長い一夜を通して、ときおりホームズの歩きまわる足音がくぐもって響いてくるにつけ、いまのこの不本意な停滞が、彼の犀利《さいり》な頭脳にはどれほどいらだたしいものかをよく心得ている私としても、なんとはなしに不安がつのってゆくのだった。

朝食の席にあらわれたとき、ホームズは見るからに気落ちして、憔悴《しょうすい》して見え、熱でもあるのか、両の頰にはぽっと赤みまでさしていた。

「いいかい、きみはわれとわが身をすりへらしてるんだ」私は言った。「一晩じゅう歩きまわってるのが聞こえたぜ」

「ああ、眠れなくてね」との返事。「このいまいましい事件のせいで、すっかりまいってるのさ。ほかの障害はすべてのりこえたというのに、いまさらこんな些細な点でつまずくなんて、じつに腹だたしい。相手の正体は知れてるんだし、ランチについても判明している――なにもかも割れてるんだ。なのに、肝心の報告だけがはいってこない。ほかの手駒も動かしてるし、その他、打てるだけの手は打ってある。河筋は左右両岸、残るくまなく探させた。だのに、いまでなんの手がかりもないし、スミスのおかみさんのところにも、亭主からは依然としてなんの音沙汰もないらしい。ひょっとして、船底に孔《あな》をあけて沈めちまったんじゃないか、とでも思いたいところだが、しかし、この考えかたにもいろいろ問題がある」

「それか、でなくば、スミスのおかみさんがわざと艇の特徴をごまかしたのか」

「いや、その説も成りたたないと思う。その点はこっちもいろいろ手をまわして調べさせたんだが、おかみさんの言ってたとおりのランチが存在することは確かなんだ」

「河をさかのぼってったということはないのかな？」

「その可能性も考えてみたさ。だから、上流をリッチモンドのあたりまで、別動隊に探させている。いずれにしても、きょうじゅうになんの報告もなければ、あすはぼくが自分で足を運んでみるつもりだ。そして、船よりもむしろ二人組そのものを探す。しかしね、そうなる前に、必ずや、必ずやなにか知らせがあるはずだよ」

けれどもあいにくそうはならなかった。ウィギンズからも、あるいはほかの隊からも、まったくなんの音沙汰もない。ノーウッドの惨劇については、たいがいの新聞が大々的に書きたてていたが、論調はおおむね不運なサディアス・ショルトーにたいして、あまり好意的とは言えないようだ。とはいえ、それらの新聞のどれにも、検死審問があす行なわれるということ以外に、新しい事実はなにも出ていない。私は夕方からキャンバウェルまで出かけて、ふたりの女性に事態が進展していないことを報告してきたが、帰宅してみると、ホームズはすっかり意気消沈して、不機嫌にさえなっている。なにかたずねても、ろくに返事もせず、夜にはいってからは、終始、わけのわからぬ化学分析に没頭して、しきりにレトルトを熱したり、立ちのぼる蒸気を蒸溜してみたり。そのさいに発散するすさまじい臭気たるや、こちらがついにたまりかねて、部屋から逃げだしたほどだ。その夜は深更まで、試験管のかちゃかちゃ鳴る音が聞こえて、彼がなおもその悪臭ただよう実験に従事していることを物語っていた。

明けがた早く、なにかの気配ではっと目をさました私は、枕もとにホームズが立っていることに驚かされた。粗末な船員服をまとい、ピーコートをはおって、粗末な赤いスカーフを巻いている。

「河へ行くよ、ワトスン」と言う。「一晩じゅう思案してみたが、事態を打開できる途《みち》はたったひとつしかない。ともかくも、それをためしてみるだけの値打ちはありそうだ」

「じゃあ、ぼくもいっしょに行っていいね？」私はたずねた。

「いや。きみにはここに残って、ぼくの代理人を務めてもらったほうがいい。ぼくだって、じつは出かけたくなんかないんだ。きょうあたり、きっとなにか報告がはいってくるにちがいないから——もっとも、ゆうべのウィギンズのようすじゃ、それもあまりあてにできそうもなかったが。ぼく宛ての手紙、電報類、ぜんぶ開封して、目を通してみてくれ。ほかにもなんらかの情報がはいってきたら、きみの判断で行動してもらいたい。頼んだよ」

「承知した、まかせてくれ」

「なにかあっても、ぼくに電報で知らせるのはむずかしいだろう——行く先は自分でも予想がつかないんだから。それでも、うまくいけば、そう長いこと留守にせずにすむかもしれない。

いずれにしても、帰ってくるときには、なにかしら新情報をつかんでるつもりだ」

朝食の時間までには、あいにくなんの連絡もなかった。けれども、《スタンダード》紙をひろげてみると、事件についての新たな言及が目にはいった――

〈アパー・ノーウッドの惨劇〉に関して（と、記事は書いている）、これは当初の見通しよりも、複雑かつ謎めいたものとなる可能性が見えてきた。新たな証拠により、先に逮捕されたサディアス・ショルトー氏が、事件に関係ありと見なすのは不可能である旨が判明したのである。昨夜、釈放された。この新事実にもとづき、同氏ならびに家政婦バーンストン夫人は、ともに昨夜、釈放された。しかしながら、警察は真犯人について、なんらかの手がかりをつかんでいる模様であり、ご存じロンドン警視庁のアセルニー・ジョーンズ氏が、その精力と明智とを挙げて捜査にあたっているいま、新たな逮捕も時間の問題と見られている。

「なるほど、これはこれで悪くない」そう私は思った。「ともあれ、ショルトー君は助かったわけだ。ただ、気になるのは〝なんらかの手がかり〟とやらが、なにかってことだな――もっともこういう論調は、警察がなにかへまをやったときの、決まり文句みたいなものらしいが」

新聞を食卓にほうりだしたそのとき、ふと〈尋ね人〉欄の広告のひとつが目にとまった。こうある――

行方不明――船長モーディカイ・スミスならびにその子息ジム。火曜日午前三時ごろ、汽艇〈オーロラ〉号にてスミス桟橋を出てよりのち、消息を絶つ。同艇は船体黒地に赤帯二本入り、おなじく黒地に白帯一本入りの煙突。同艇もしくは右記モーディカイ・スミスの消息につき、情報をスミス桟橋のスミス夫人、またはベイカー街二二一番地Bまでお寄せいただいたかたに、金五ポンドの謝礼を呈す。

これは明らかにホームズの出したものだ。ベイカー街が連絡先になっている事実がそれを示している。この広告文の巧妙さには私も感心した。よしんば逃亡ちゅうの二人組がこれを見ても、行方不明の夫の身を案ずる妻なら当然いだく懸念、それ以上のものをここから読みとることはできまい。

長い一日だった。ドアにノックの音がするたびに、あるいは、鋭い足音が外の通りを行き過ぎるたびに、さてはホームズが帰ってきたか、それともだれかが広告に応じてやってきたかとどきどきする。本を読もうともしてみたが、ともすると思いはそこからそれだして、目前のこの風変わりな探索のこと、いま追っている奇怪な取り合わせの悪漢二人組のことへとさまよってゆく。ひょっとして、わが同居人の事件にたいする論の立てかたに、どこか根本的な欠陥があるのではなかろうか。どこかで独り勝手な思い込みをしていて、うまくいかない原因は、それなのではなかろうか。彼は頭の回転が速く、思弁的な考えかたをする人物だが、その頭脳が先走ったあげく、誤った前提の上に、こういう突拍子もない理論を築きあげているのではないだろうか。私はまだ彼がまちがっていた例に出くわしたことはないが、いかに明敏な理論家であっても、ときに過剰な自信にだまされぬとは言いきれない。ホームズにしても、過度に凝った理論をもてあそぼうとして、それでつまずくことが考えられる——目前に平凡だがわかりやすい説明があるのにもかかわらず、好んでより迂遠な、より奥の深い解答をもとめたがる、というのが彼本来の性癖だからだ。とはいうものの、私も証拠ならばこの目ではっきり見ているのだし、彼の推論の論拠についても聞かされてきた。ここまでの状況を一連の長い連鎖としてふりかえってみるに、多くはそれ自体、とるにたらぬものでありながら、そのくせすべてが一つ方向を指し示していることは否定できない。かりにホームズの理論がまちがっているとしても、ならば真相もまた等しくとっぴ《ウートレ》で、仰天するようなものであるにちがいないのだ。

午後の三時、けたたましく呼び鈴が鳴りわたり、横柄な声がホールに響いたかと思うと、驚くなかれアセルニー・ジョーンズそのひとが案内されてきた。とはいえ、きょうの彼は、先にアパー・ノーウッドで自信満々、捜査をとりしきっていたときの、あのぶっきらぼうで権柄《けんぺい》ずくの人物とは、ようすが一変していた。伏し目がちな、ふさぎこんだ表情、物腰も神妙で、しおしおとしてさえ見える。

「こんにちは、先生、失礼しますよ」と言う。「シャーロック・ホームズさんはお留守なんですね？」

「そうです。いつ帰るかもわかりません。しかしまあ、お待ちになるのなら、どうぞ。そこの椅子にかけて、葉巻でも、どうです？」

「やあ、ありがとう。じゃあそうさせてもらいますか」赤い柄物のハンカチでしきりに顔を拭いながら言う。

「それと、ウイスキーソーダも？」

「すみません、ならばグラスに半分だけ。きょうは時候のわりに暑いですな。おまけに、いろいろと厄介な、気の重くなる問題をかかえてまして。ノーウッドの事件に関するわたしの見かた、先生はご存じでしたな？」

「お説を拝聴したのは覚えています」

「じつはね、それを撤回せねばならなくなったのです。例のショルトー氏のまわりに、しっかり網を張りめぐらしたつもりでおったのですが、そこでいきなりするり、網のどまんなかの孔から逃げられちまった。びくとも揺るがないアリバイというのを持ちだされましてね。兄と別れて部屋を出たとき以来、終始、彼の姿はだれかに目撃されていた。したがって、だれであれ屋根づたいに天窓から部屋へ侵入した人物は、あの男ではありえんのです。いやまったく、こんな面倒な事件はありませんよ。おかげでわたしの警察官としての信望もあやうくなってきておる状況で、ここでいくらかなりと力を貸していただけると、たいへんありがたいわけです」

「人間だれしも、たまには助力のほしいときだってありますよ」私は相槌《あいづち》を打った。

「それにしても、お友達のシャーロック・ホームズさん、あれはすばらしいひとですな！」喉にからんだ声で、打ち明け話でもするように言う。「常人では及びもつかんです。まだお若いのに、数多くの事件を手がけておられて、しかも一度として解明に光明をもたらされなかったためしはない。まあ手法は変則的ではあり、ひとつの仮説にちと短兵急《たんぺいきゅう》にとびつくきらいもないではないが、しかし、全体として見るに、警察官になられれば前途きわめて有望——このことは声を大にして申しあげてはばからんです。じつはね、昼過ぎにあのひとから電報をもらいまして——ショルトー事件に関して、なにか手がかりをつかまれたらしい。これですがね」

ポケットから一通の電報をとりだして、渡してよこした。正午にイーストエンドのポプラーから打ったもので、全文は以下のとおり——

至急べいかー街へゴ足労ヲ請ウ。小生不在ナラバ帰リヲ待タレタシ。しょるとー事件ノ関係者一味ニ肉薄チュウ。大詰メニ立チ会イタクバ今晩同行サレルモ可ナリ。

「ほう、これは朗報だ。とぎれた臭跡がまたつながったようだな」私はつぶやいた。

「というと、ホームズさんも、一度は手詰まりに陥ったということですか」ジョーンズは見るからに満足げに言ってのけた。「要は、どんなに優秀な人間でも、ときに足をすくわれることもあると、そういうこってす。むろん今度のこれだって、結局は肩すかしということになるかもしれん。しかし、わたしは法の執行者として、いかなるチャンスをものがさぬことを義務と心得ておりますからな。だがまあ、そう言っているところへ、だれかきたようです。もしやホームズさんでは？」

なにやらめっぽう重たげな足音が階段をのぼってきた。それにまじって、呼吸にひどく苦しんでいるらしい、ひゅうひゅう、ぜいぜいという荒い息も聞こえてくる。階段をのぼるのが大儀でたまらぬというように、一度か二度、途中で立ち止まったが、それでもどうにかわれわれの部屋まで達して、戸口に姿をあらわした。見た目もいままで聞こえていた音に相応するものだった。船員服をまとった老人で、古ぼけたピーコートのボタンを喉もとまできっちりかけている。曲がった背、がくがくふるえる膝、喘息持ちらしい苦しげな呼吸。節くれだったオークの太い杖にすがり、一息ごとに肩を波打たせて息を吸いこむ。首に巻いた色物のスカーフに深くあごをうずめているので、黒く鋭い目と、その上につきだした白いもじゃもじゃの眉、長い灰色の頰髯《ほおひげ》しか見てとれない。全体としての印象は、かつては船員として相応の地位にもいたろうに、いまは老いさらばえて、貧困にさいなまれている、といったところか。

「なにか用かね、じいさん」私はたずねた。

いかにも老人らしく、ゆっくりと、念入りに周囲を見まわす。

「シャーロック・ホームズさんはおいでかね？」

「留守だが、ぼくが代わりをまかされている。なんであれ、伝言があれば、聞いておくよ」

「この話はホームズさんじきじきに聞かせたかったんだが」と、老人。

「だからぼくが代理人だと言ってるだろう。用件はモーディカイ・スミスのランチに関することかね？」

「ああ。どこにいるか、わしはようく知っとる。ホームズさんの追っとる連中の居どこ、、もわかっとる。おまけに宝のありかも知っとる。なにもかも知っとるんだ、わしは」

「ならばぼくに聞かせてくれ。ぼくからホームズに伝えておくから」

「いんにゃ、ホームズさんじきじきにでなきゃ聞かせられねえな」老人はくりかえす。年寄り特有の短気さと頑固さのまじった調子だ。

「そうか、じゃあここで帰りを待つんだな」

「いやいや、そうはいくもんか。だれかを喜ばすために、いちんちつぶすほどの閑人じゃねえんだ。ホームズさんが留守だってんなら、そんならホームズさんがなにもかも自分でつきとめるしかねえわな。ふん、おまえさんがたがいくらこえェ顔をしようが、知るもんか。一言だってしゃべるもんじゃねえ」

足をひきずってドアへ向かいかけたが、そこでアセルニー・ジョーンズがすかさず前に立ちふさがった。

「ちょっと待った、じいさん」と言う。「あんた、重大な情報を持ってきたんだろ？　ならばこのまま帰すわけにはいかんぞ。否も応もない――ホームズさんが帰るまではここにいてもらう」

老人は、一瞬ドアのほうへ駆けだそうとしたが、アセルニー・ジョーンズが厚みのある背中を扉にぴたりと押しつけてしまったので、ようやく抵抗は無駄だとさとったようだった。

「くそ、ずいぶんな扱いじゃねえか！」と、杖を床にどんと突きながら叫ぶ。「ここにゃ紳士に会うつもりできたってのによ――おまえさんがたふたり、どっちもわしとは一面識もねえおひとだ。それが力ずくで客をつかめえて、この扱いかよ！」

「まあ待て、いずれ悪いようにはしないから」私はなだめた。「時間をつぶさせた償いも、それなりにはしてさしあげるさ。とにかく、あそこのソファにでもすわっててくれ――長く待たせはしないはずだ」

不機嫌に黙りこんで部屋を横切ってきた老人は、腰をおろし、杖の握りに重ねた手に頭をもたせかけた。ジョーンズと私も、これでようやく中断していた葉巻と会話を再開したのだったが、そこへいきなり降って湧いたように、ホームズの声が割りこんできた――

「ぼくにも葉巻ぐらいすすめてくれてもよさそうなもんだが」

私たちはともに仰天して腰を浮かせた。ホームズがしてやったりと言いたげな表情で、すぐ間近にすわっている。

「ホームズ！」私は叫んだ。「帰ってたのか！　だがあのじいさんはどこへ行った？」

「そのじいさんならここさ」そう言って、ホームズはひとつかみの白髪を示してみせた。「ほらこのとおり――かつらに頬髯、眉毛、すべてそろってる。われながらよくできた扮装だったようだな――まさかこれほどうまくいくとは思ってもみなかったが」

「いやあ、あなたもおひとが悪い！」と言いながらも、ジョーンズはすっかり大喜びだ。「いっそ役者になるべきでしたよ――さだめし希代の名優になれたでしょうに。ごほごほ咳きこむところなんざ、まさに貧民街のじじいそのままだし、よろよろした歩きかたも堂に入《い》ってて、あれなら週に十ポンドはじゅうぶん稼げそうだ。ただし、目の光だけは、こりゃホームズさんのものだって気がしないでもなかった。われわれだって、そうやすやすとだまされてばかりはいませんや」

「きょうは一日、この扮装で動きまわってきたんだがね」そう言って、ホームズは葉巻に火をつける。「なにせ近ごろじゃ、犯罪社会の連中がみんなぼくの顔を知るようになってる――とくに、ここにいる友人が、ぼくの扱った事件を活字にしだしてからは、その傾向がいちじるしい。だから、簡単なものであれ、多少の変装はしないと、仕事にならないのさ。電報は受け取ってくれたね？」

「はあ。それでこうして出向いてきたわけです」

「きみのほうの見通しはどうかな？」

「いっさいは振り出しにもどっちまいました。容疑者二名を釈放せざるを得ませんでしたし、残る二名についても、決め手はまるきりつかめんありさまで」

「そうか、まあ気にすることはない。じきに代わりのをふたり、引き渡してさしあげるから。だがそのためには、ぼくの指示にしたがってもらう必要がある。表向きの功名は、そっくりきみに譲ってさしあげるが、そのかわり、すべての点で、ぼくの方針どおりに動いてもらわないと困るんだ。かまわないね？」

「委細承知しました――犯人逮捕に力を貸していただけさえするのなら」

「結構。じゃあまず手はじめに、船脚の速い警察艇――汽艇《ランチ》だ――それを一隻、今夜七時にウエストミンスター埠頭に着けるように手配してもらいたい」

「お安いご用です。そのあたりには、常時、一隻は待機しておりますから。念のため、あとで通りの向かいの電話まで一走りして、指示を出しておくことにしましょう」

「さらに、万が一にも抵抗された場合にそなえて、信頼できる屈強な男をふたり」

「警察艇にはいつも二、三人は乗っています。ほかには？」

「首尾よく敵の身柄を確保できれば、同時に財宝もとりもどせる。これはぼくの個人的な意見だが、財宝の櫃《ひつ》を真っ先にその半分の権利を有する、さる若いご婦人のもとへ運ぶことができれば、ここにいるワトスン君はさぞ喜ぶだろうと思うんだ。そのご婦人に、だれよりも先にそれをあけてもらう。どうだいワトスン？」

「それが許されれば、ぼくとしてはまことに喜ばしい」

「いささか異例の措置ですが」と、ジョーンズが首をふりふり言う。「しかしまあ、この話全体が異例なんだから、そのへんは目をつむることもできるでしょう。むろん、そのあとで財宝は当局に引き渡していただき、公的な調べが終わるまでは、預からせてもらうことが必要ですが」

「言われるまでもない。そのへんはわけなく調整できるはずだ。それからもうひとつ。ぼくとしては、事件の二、三の細部について、ジョナサン・スモールの口からじかに説明を聞いてみたい。きみも知るとおり、手がけた事件のことは、細かな点まですっかり明らかにしておきたい、というのがぼくの性分でね。ぼくのこの部屋でなり、あるいはほかのどこでなり、非公式に彼から話を聞く――むろん、じゅうぶんな監視をつけたうえでのことだが――このことに、きみとして異存はなかろうね？」

「まいったな、なにしろこの件は、いっさいがあなたの采配ですからね。実際、わたしのほうは、そのジョナサン・スモールなる男が実在するのかどうか、その証拠さえ握っちゃおらんわけでして。ですがまあ、実際問題として、あなたがそいつをつかまえられるのであれば、そいつの口からあなたが事情を聞くのを拒むわけにはいかんでしょう」

「じゃあ話は決まったね?」

「諒解です。ほかにまだなにかありますか?」

「ひとつだけ――われわれといっしょに食事をしてもらいたいということさ。支度はあと三十分でできる。牡蠣《かき》に、雷鳥ひとつがい、それにちょっといける白ワイン。ねえワトスン、ぼくの家事能力、きみはまだ知らなかったろう?」

10 島人の最期

食事は楽しかった。ホームズはその気になればいくらでも多弁になれる男だが、この晩はまさにそうだった。気分も高揚しているらしく、このときほど才気が冴えわたって、きらきらしているホームズは、ついぞ見たことがない。つぎからつぎへと話題を変えて、しゃべること、しゃべること。いわゆる〈奇跡劇〉のこと、中世の陶器のこと、ストラディヴァリウスのバイオリンのこと、セイロン島の仏教のこと、はては未来の軍艦のことまでも——いずれも専門的に研究してきたかのような調子で、滔々《とうとう》と自説を開陳する。ここ数日、暗くふさぎこんでいた反動からか、この生きいきとした明るさがことさら目につく。かたやアセルニー・ジョーンズのほうも、こうしてくつろいだところは、けっこう社交的な男だとわかったし、出された料理にも、いかにも食通らしい態度で取り組んだ。さらに私はといえば、託された任務もいよいよ大詰めに近いと思うと、やはり意気軒昂とせずにはいられず、ホームズの陽気さが伝染したかのような気分だ。とはいうものの、食事ちゅうは三人とも、こうして一堂に会するきっかけとなった事件そのものについては、言葉の端にすらにおわせようとしなかった。

食卓がかたづけられてしまったところで、ホームズはちらりと懐中時計をながめ、やおら三つのグラスにポートワインをついだ。

「乾杯」と言う。「今夜のわれわれのささやかな冒険の成功を祈って。では、そろそろ出発の刻限だ。ワトスン、ピストルはあるかい？」

「デスクの引き出しに、むかし使ってた軍用のリボルバーがある」

「じゃあそれを持ってゆくといい。用心に越したことはないからな。どうやら馬車もきたようだ。六時半に迎えにくるようにと言っておいたから」

一行がウェストミンスター埠頭に到着したのは、七時ちょっと過ぎ、ランチはすでに待っていた。ホームズは検分するようにひとわたりそれを見まわした。

「警察の船だってことを示す標識かなにか、あるかな？」

「ありますよ。舷側の緑のランプがそうです」

「じゃあそれをとりはずしてもらいたい」

このちょっとした模様替えがすんだところで、一同が乗りこみ、もやい綱が解かれた。ジョーンズとホームズ、それに私の三人は、艫《とも》にすわった。ほかに舵手がひとり、機関士がひとり、さらに屈強な警官ふたりが舳先《へさき》に乗っている。

「どこへ行きます？」ジョーンズがたずねた。

「ロンドン塔《ザ・タワー》へ。ジェイコブスン造船所の向かいに着けるように、と」

たしかにこの艇はすばらしく速かった。長く連なった荷船の列を、さながらそれらが停止しているかのように、すいすい追い越してゆく。一隻の河蒸気に追いつき、あっというまに抜きさったときには、ホームズもにんまり会心の笑みをもらしたものだ。

「とにかく、河に浮かんでるものなら、なんでもつかまえられるくらいでないといけない」

「さてと、そこまでは保証できませんが。それでも、スピードでこの艇の右に出るランチは、そう多くはないはずです」

「なにせ、これからつかまえようという〈オーロラ〉号は、評判の快速艇なんだ。ところでワトスン、現在いったいどういう情勢になってるのか、それだけでもきみに話しておくとしようか。前にぼくが、こんな些細な点でつまずくなんて、といらいらしてたのは覚えてるね？」

「ああ」

「そこでぼくは、いったん考えるのをやめて、頭を休めるために化学分析に打ちこんだ。〝仕事からの気分転換は、最良の休息である〟って、これはわが国の偉大な政治家のひとり(1)が言ったことだけどね。実際そのとおりさ。取り組んでいたのは、炭化水素を溶融することだったんだが、やがてこれに成功したので、あらためてショルトー事件にもどり、問題全体を徹底的に考えなおしてみた。〈少年隊〉は河筋を上流から下流まで洗ってみているが、まったく収穫はなし。めあてのランチは、どこの荷揚げ場にもいなければ、スミスの船着き場にもどってきてもいない。かといって、足跡《そくせき》をくらますため、ひとおもいに底に孔《あな》をあけて沈めちまった、そう考えるのも、いささか無理がある――ただし、ほかの仮説がすべてだめとなったときも、これだけはありうべき可能性のひとつとして残るだろうけどね。ともあれ、問題のスモールという男、いちおうの悪知恵は働くが、そういう手の込んだ策を弄するほどの頭はないとぼくは見ている。そのての高等戦術は、概して高等教育の所産さ。そこで、あらためてこう考えた。やつはしばらく前からロンドンに滞在してたはずだから――ずっと〈ポンディシェリ・ロッジ〉を見張ってたことは、すでに事実から判明している――だとすれば、おいそれとその滞在先を引き払うわけにはいくまい。出るなら出るで、たとえ一日でも予告期間は必要だし、ならばそれだけ時間もかかるだろう。とにかく、蓋然性を秤《はかり》にかければ、こうなる」

「さあて、その推理はちょっと弱いんじゃないかな」私は言った。「それよりも、いざ決行と出《い》でたつその前に、そういう点はすっかりかたづけておいたと見るほうが妥当だろう」

「いや、ぼくはそうは思わない。その彼のいわゆるねぐらだけどね、そこはいざという場合には恰好の隠れ家にもなるわけだし、そのぶん貴重なんだ。もう用はないとぎりぎり見きわめがつくまでは、めったに手ばなしたりするもんか。だがそれはそれとして、ここでぼくはまたべつの点に思いあたった。相棒の特異な外見は、いくら隠しても隠しきれるものじゃない。いずれはひとの口の端《は》にのぼり、ひいては、ノーウッドの事件と結びつけられるおそれも出てくる。スモールというやつ、そういう点ではなかなか目端が利くのさ。当然、夜陰にまぎれてその本拠を出、仕事を終えたら明るくならないうちにもどる、そういう予定だったろう。ところが、スミスのおかみさんの話によると、連中がランチに乗りこんだのは、夜中の三時を過ぎてからだという。一時間かそこらもすれば、かなり明るくなってくるし、ひとも起きだしてくる。したがって、ぼくとしては、連中がそう遠くまでは行かなかったと推論するわけだ。スミスには口止め料としてたんまり金を握らせ、最後の逃走にそなえて、彼のランチはそのまま確保したうえで、財宝の櫃《ひつ》をかかえて、いったんねぐらにひきかえす。そこで二晩ばかり時を稼いで、そのかん新聞記事から事件の推移を追い、自分たちが疑われていないことを確かめてから、ふたたび闇にまぎれて出立《しゅったつ》、グレーヴズエンドかダウンズあたりで、大型船に乗り換えるつもりだった――むろんアメリカなり、ほかの植民地なりへ渡航するための手配は、すでにすませてあったにちがいない」

「だがそうだとすると、ランチはどうなったんだ？　まさかその宿だかねぐらだか、そこまで持って帰るわけにはいくまい？」

「もちろんそうさ。だからこそ、現在地は不明でも、ランチは必ずやそう遠くないところにある、そうにらんだわけだ。つぎにぼくは、スモールの立場に立って考えてみることにした。あいつの立場で、あいつ程度の頭の持ち主だったら、どう考えるか。おそらくこうだろう――ランチをスミスのところにもどしたり、どこかのドックに繋留しておいたりすれば、ひょっとして警察が自分たちに目をつけていた場合、たやすく足どりをつかまれる。では、どうすればランチを隠して、しかも、いざ入り用だとなったとき、すぐに使えるか。ぼくがスモールだったら、さあ、どうするだろう？　どう考えても、策はひとつしかない。どこかの造船所なり修理工場なりにいったん預けて、すこしばかり模様替えをさせるのだ。そうすれば、艇はそこの船溜まりか係船渠《けいせんきょ》に入れられて、たやすく人目をごまかせるし、なおそのうえに、いざというときには、ほんの二、三時間の予告で、すぐに利用できる」

「なるほど、そう聞くと、ずいぶん簡単そうだな」

「こういったごく簡単なことほど、じつはもっとも見のがされやすいのさ。ともあれ、ひとまずこの方針にもとづいて行動することにした。そこでさっそくこの無難な船員服に身をやつして、河ぞいのその種の工場を片っ端からたずねてまわった。はじめの十五ヵ所は、まったくの無駄足で終わったが、十六ヵ所めのジェイコブスン造船所で、ずばり、狙いが図に当たった。二日前に、木の義足の男が〈オーロラ〉号を持ちこんできて、舵にちょっとした修理をほどこすように依頼していったという。『それがね、舵には悪いとこなんか、ぜんぜんねえんだ』というのが職長の弁さ。『ほら、あそこにある、あの赤い筋のはいったやつだよ』と、そこまで聞いたとき、いきなり姿をあらわしたのが、だれあろうモーディカイ・スミス——行方不明の船長そのひとさ！　かなり酔って、ふらふらしている。むろんぼくだって、スミスの顔なんて知るよしもないんだが、あらわれるやいなや、向こうから名を名乗って、艇の名までわめきたててくれたからね——『今夜八時に、この〈オーロラ〉に用がある』そう言ったよ。『いいか、八時だぞ、八時きっかり。そのときお客さんをふたり乗せるからな、待たせてくれちゃ困るんだ』どうやらたっぷり握らされたらしく、にわか成り金で気が大きくなったのか、工員みんなに手あたりしだいにシリング貨をばらまいてたよ。しばらくあとをつけてみたが、やっこさん、じきに近くの居酒屋にしけこんじまった。やむなく造船所へひきかえしたんだが、途中で運よく〈少年隊〉のひとりに出くわしたんで、その子を見張りに残して、〈オーロラ〉号の番をさせることにした。いま、近くの河べりに控えていて、向こうが動きだしたら、ハンカチをふって合図することになってる。こっちは岸からすこし離れたあたりで網を張ることにしよう。これでやつらを財宝の櫃もろとも、そっくりおさえられなかったら、かえって不思議というものだよ」

「いや、じつにみごとな采配ですな――その連中がほんとに犯人かどうかはべつとして」ジョーンズが言った。「それにしても、かりにこのわたしに采配をまかせてもらってれば、さっさと警官隊をそのジェイコブスン造船所とやらへやって、向こうがあらわれたところを、有無をいわさずお縄にしちまいますがね」

「あいにくそうはいくまいよ、けっして。あのスモールというやつ、まことにもって抜け目がない。行動を起こす前に、あらかじめ斥候《せっこう》を放って、ようすをさぐらせるぐらいのことはするだろう。そしてわずかでも怪しいふしが見えれば、すぐさまねぐらに退却して、また一週間、時間稼ぎをするだけのことさ」

「しかし、モーディカイ・スミスに張りついてれば、そのうち彼がそいつらの隠れ家にわれわれを案内してくれたかもしれない」私も言った。

「そうしてれば、むざむざ待ちぼうけを食って、一日を棒にふるだけだったろうね。スミスが二人組の隠れ家を知ってるなんてこと、百にひとつもありえないよ。酒が飲めて、気前よく日当を払ってもらえさえすれば、だれがそれ以上の事情を詮索したりするものか。連中のほうだって、スミスに用があったら、使いを出せばすむことなんだし。そうなのさ、ぼくはあらゆる点を考慮したうえで、こうするのが最善だと決めたんだ」

こんな会話をかわしているあいだも、艇はテムズ河にかかるあまたの橋を、つぎからつぎへとくぐりぬけて突き進んでいた。シティーを過ぎるころには、西日の最後の残光が、セントポール大聖堂のてっぺんの十字架を黄金色に染めていたが、ロンドン塔に到着したときには、すでに黄昏《たそがれ》が色濃く迫ってきていた。

「ジェイコブスン造船所はあそこだ」そう言ってホームズは、サリー州側の一郭をさした。帆柱が林立し、帆綱が縦横に張りめぐらされているのが見える。「ちょうどいい、ここに艀《はしけ》がずらっと並んでるから、さしあたりこのかげをゆっくりのぼったりくだったりしていよう」ポケットの夜間用双眼鏡をとりだすと、しばらく対岸をながめていてから、口をひらいた。「うん、見張り番の子が持ち場に立ってるのが見える。ただし、ハンカチの合図はまだだ」

「すこし河下へくだって、そこで待ち伏せをかけるというのはどうでしょう」ジョーンズが熱のこもった調子で言った。

ジョーンズのみならず、いまでは全員が逸《はや》りたっていた――漠然としか事情を知らぬはずの汽罐焚《かまた》きたちまでもだ。

「いや、何事もこうと決めてかかるのはまちがいのもとさ」ホームズは答えた。「むろん、下流へ向かうのは十中八九、確実だと思うが、しかし、絶対とは言えない。この位置からなら、造船所の入り口がよく見えるし、逆に向こうからは、ほとんどこっちは見られずにすむ。晴れた夜だし、明るさもじゅうぶんだ。現在いるこの位置を動くべきじゃないと思うね。まあ見たまえ――向こうのガス灯の下を、大勢の人間がぞろぞろ歩いている」

「造船所の仕事がひけて、出てくるところですな」

「見た目はむさくるしい労働者だが、それでもひとりひとりが、なんらかの小さな内なる火花をかかえてるんだ。こうして見ているだけでは、とてもそうは思えないだろうが、さりとて、先験的《アプリオリ》にそんなことはありえないと決めつけるわけにもいかない。つくづく不思議なものだよ、人間とは！」

「だれかも言ってたっけ――〝動物のなかに宿った魂、それが人間だ〟[2]とかなんとか」私も調子を合わせた。

「かのウィンウッド・リードが、その点ではうまいことを言ってる」と、ホームズ。「〝個々の人間が解きがたい謎であるのにひきかえ、集団としての人間は、一個の数学的確率となる〟[3]ってね。たとえばの話、あるひとりの人間がどういう行動をとるかはぜったいに予測不可能だが、対象が平均的な多数になれば、それもぴたりと言いあてられる。個体は多種多様だが、平均値はつねに一定であるというわけさ。ところで、あそこに見えるのはハンカチじゃないか？　うん、たしかにそうだ――対岸で白いものがひらひらしている」

「そうだ、あれはきみの配置した見張りだよ。ぼくにもはっきり見える」私も声を高めた。

「そら、〈オーロラ〉号が出てきた」ホームズが叫ぶ。「見ろ、すさまじい勢いでとばしていくぞ！　機関士、全速前進だ！　あの黄色いライトをつけたランチ、あれを追いかけてくれ。くそっ、ここであいつに後れをとってたまるか！」

　向こうはいつのまにか造船所の入り口から出てきて、二、三の小型船の背後をすりぬけたのだった。そのため、こちらが気づいたときには、すでにかなりのスピードが出ていて、いまや河べりすれすれのところを、おそるべき速度でとばしてゆく。ジョーンズが深刻な目つきでそれをながめ、首をふった。

「えらく速いですなあ」と言う。「はたしてこの艇で追いつけるかどうか」

「つけるかどうかじゃなく、つかなきゃいけないんだ、なんとしてでも！」ホームズが歯を食いしばって言った。「さあ頼む、汽罐焚きの諸君、どんどん石炭をくべてくれ！　せいいっぱい馬力をあげるんだ！　たとえ汽罐が焼け切れようと、ぜったいに前の艇を取り逃がしちゃならん！」

すでにかなり引き離されていた。汽罐がうなりをあげ、強力なエンジンは、巨大な鉄の心臓よろしく、がんがんとすさまじい音をまきちらす。鋭くぐっと持ちあがった鋼鉄の舳先が、静かな水面《みなも》を切り裂き、左右にどこまでも逆波をひろげてゆく。エンジンの一回転ごとに、船体は生き物のごとくはねあがり、振動する。舳先につけた大きな黄色のライトが、長くゆらめく漏斗状の光を前方に投射する。真正面の河面に、黒くおぼろげに見てとれる影、それこそがめざす〈オーロラ〉号の位置を示すもの、そしてその後方に激しくうずまく白い水泡《みなわ》は、その突進する速さのほどを物語る。私たちの乗った警察艇も、無数の艀や、河蒸気、小型の商船等の群がるなかを、右によけ、左にかわし、後ろをかすめ、脇をまわる、などしながら、どこまでも突き進む。周囲の闇のなかから、こちらにむかって何度か怒声が浴びせられもしたが、それでも〈オーロラ〉号は脇目もふらずに進みつづけ、かたやこちらも執拗に追いすがる。

「さあみんな、焚いてくれ、どんどん焚いてくれ！」ホームズが下の機関室をのぞきこみながら、声をかぎりに督励をくりかえし、その彼の上気した鷲のような顔を、下からのすさまじい炎の照り返しが明々《あかあか》と照らした。「さあ頼む、汽罐からぎりぎりまで蒸気を絞りだすんだ！」

「すこし近づいてきたみたいです」〈オーロラ〉号をじっと見据えながら、ジョーンズが言った。

「まちがいない」私も言った。「これならあと二、三分で追いつけそうだぞ」

　ところが、まさにその瞬間、なんたる悪運と言うべきか、一艘のタグボートが艀を三艘も後ろにひいて、よたよたとわれわれのあいだに割りこんできたのだ。こちらが舵柄《だへい》をいっぱいにまわして、どうにか衝突だけはまぬがれたものの、やっとそれらを迂回して、ふたたび〈オーロラ〉号を追跡にかかったときには、向こうにたっぷり二百ヤードは差をつけられていた。とはいえ、その船影はまだじゅうぶんに見えていたし、黄昏の薄ぼんやりした、かすんだ光に代わって、晴れた星月夜がひろがろうとしていた。わが艇の汽罐は力の限りをふりしぼり、艇をかりたてるその猛烈な推進力に、かよわい船体は振動し、音高くきしんだ。あっというまに〈プール〉[4]をくだり、ウェスト・インディア・ドックスを過ぎ、さらにデトフォード・リーチの長い直線水域をくだると、アイル・オブ・ドッグズの出鼻をまわって、ふたたび北へと針路をとる。おぼろげだった前方の影が変形して、いまや明らかに〈オーロラ〉号のほっそりした、優美な船体に変わっていた。ジョーンズがサーチライトをそちらに向けたので、その甲板上の人影がわれわれにも見えるようになった。ひとりの男が艫にすわり、膝のあいだに置いたなにか黒いものに身を伏せている。その男のそばには、黒いかたまりがひとつ——見た目はニューファウンドランド犬かなにかのようだ。スミスの息子が舵柄を握り、いっぽう、真っ赤な汽罐の照り返しのなかに浮かびあがった父親のほうは、上半身裸で、必死に汽罐に石炭をほうりこんでいる。はじめは、ほんとうに追跡されているのかどうか、半信半疑だったかもしれないが、いまこうしてどれだけ蛇行しようが、方向転換しようが、執拗に追ってくるのを見れば、もはやそのことを疑いはすまい。グリニッジでは、彼我《ひが》のあいだに、歩幅にして三百ばかりの差があったが、ブラックウォールまでくるころには、それが二百五十以下に縮まっていた。私はこれまでの変化に富んだ半生において、さまざまな土地で、さまざまな動物を追ってきた経験を持つが、その私にしても、ほかならぬ地元のテムズ河を、こうして文字どおり飛ぶような速度で、憑かれたごとくに走りくだったこのときの人間狩りほど、荒々しい興奮を味わわされたためしはない。一ヤード、また一ヤード、わが艇は着実に標的との差を縮めてゆく。夜のしじまのなかで、先方のエンジンのあえぐ音、きしむ音がはっきりと聞きとれる。艫の男は、なおも甲板に背を丸めてうずくまり、なにやらしきりに両腕を上げ下げしているが、そのあいだも、ときおり顔をあげて、彼我の距離を確かめるようなしぐさをする。しだいしだいにその距離は縮まり、やがてジョーンズが大声で先方に停止を命じた。差はいまや四艇身たらずとなっていたが、それでも双方はなおも狂おしい速度で河をくだりつづける。いっぽうの側がバーキング低地、もういっぽうが陰鬱なプラムステッド沼沢地、そのあいだにひろがるまっすぐな河筋だ。しきりに停船を呼びかけるこちらの声に反応して、艫の男がいきなりぱっと立ちあがると、ふたつのこぶしをふりまわし、かんだかくかすれた声で悪態をつきはじめた。見るからに頑丈な、力も強そうな男だが、いま甲板に両脚を踏んばって仁王立ちになったところを見ると、右脚の腿から下は、木の棒しかない。と、その男のきしるような怒声に応じて、甲板上に丸くなっていた黒い包みのようなものが動きはじめ、やがて立ちあがって、小さな黒人の姿になった。私もはじめて見るほどの矮軀《わいく》だが、その肩の上には、不釣り合いに大きく、ねじれゆがんだ頭がのっていて、縮れ毛がもつれてたれさがっている。ホームズはすでに拳銃をとりだしていたし、私もその野獣めいた、奇怪にねじくれた姿を見てとるや、すぐさまそれに倣《なら》った。黒っぽいアルスター外套《がいとう》か、毛布のようなものにくるまり、見えているのはそいつの顔だけだが、その顔たるや、一目見たら夜も眠れなくなるようなしろものだ。いまだかつて、これほどの獣性と蛮性とが深く刻みこまれた醜貌は、私も見たことがない。暗い光を秘めた小さな目を獰猛《どうもう》にきらめかせ、分厚いくちびるをひんまげて、歯をむきだし、その歯がまた、なかばけだものじみた凶暴さで、私たちにむかってがちがち嚙《か》み鳴らされている。

ホームズが声を殺して言った。「あいつが手をあげたら、狙撃するんだ」

このときには、彼我の距離は一艇身もなく、獲物はほとんど手の届くところにいた。そこに並んで立った二人組の姿、そのようすを私はいまなおありありとまぶたに思い浮かべることができる。白人は両脚を大きくひろげて立ち、けたたましくこちらにむかって呪詛の言葉をわめきちらしているし、いまひとりの、おそるべき醜貌を持った呪われたる矮人《わいじん》は、私たちの艇のライトを浴びて、鋭く黄色い歯をこちらへむけてがちがち鳴らしている。

そいつのようすがこれだけはっきり見えていたのは、じつにさいわいだった。というのも、いましもそいつが衣服の下から定規のような短く円い棒をとりだすなり、くちびるにあてがうのがこちらからも見てとれたからだ。ふたりの拳銃が同時に火を噴いた。矮人は両のかいなをふりあげてきりきり舞いすると同時に、一声、窒息したような咳をして、横ざまに河中に転落していった。白くうずまく流れにもまれて、一瞬そのまがまがしい、威嚇的に光る目が浮き沈みするのが見えたが、と思うまもなく、木の義足の男が身をひるがえして舵にとびつくや、力まかせにそれを下手《しもて》舵《かじ》に切ったので、その勢いで〈オーロラ〉号は、ほんの二、三フィートの差でこちらの艇尾をかわしながら、まっしぐらに河の南岸へと突き進みはじめた。こちらもすかさず方向転換して、あとを追ったが、そのとき早く、敵はすでに岸にたどりつく寸前。向かう先は、荒れはてた物寂しい湿地帯――一面の沼沢地のそこここに、澱んだ水溜まりや、腐朽《ふきゅう》しかけた葦の茂みが点在し、それらを月光が青白く照らしている。その泥の洲《す》へむかって、先方の艇は艇首を宙に浮かせ、艇尾を水中にひきずった恰好で、どすんと鈍い音もろとも乗りあげていった。水没した甲板から、逃亡者がとびおりて駆けだそうとしたが、たちまち木の義足が付け根まで泥地に吸いこまれ、動きがとれなくなった。もがけども、あがけども、にっちもさっちもいかず、前へも、後ろへも、一歩も踏みだせない。やりばのない怒りに、悲鳴とも怒号ともつかぬ声を発しつつ、残る片脚で狂おしく泥を蹴たてはするものの、暴れれば暴れるほど、木の義足はますます深く泥洲にひきこまれてゆくばかり。われわれが警察艇をそのそばに乗りつけたときには、全身が深々と泥中《でいちゅう》に根をおろした恰好になっていて、救出するためには、ロープをその肩にかけ、さながらなにか凶暴な大魚でも釣りあげるように、ふなべりからこちらへひきずりこまねばならなかった。スミス親子は、座礁した艇のなかで、いまいましげにむっつりすわりこんでいたが、これも、こちらの艇に移れと命じられると、おとなしくそれにしたがった。〈オーロラ〉号自体も泥洲からひきあげ、こちらの艇尾に纜《ともづな》でしっかり結びつけた。艇の甲板には、インドの精巧な細工にかかる頑丈な鉄製の櫃が鎮座ましましていたが、これこそは話に聞くかの櫃――ショルトーの凶運の財宝が隠されていたという櫃――そのものにほかなるまい。キーはなかったが、櫃は相当の重さがあり、私たちは慎重にそれを警察艇の小さなキャビンに運び入れた。それから、ふたたびゆっくりと上流へむけて航行を開始したが、途中、サーチライトで四方八方を入念に照らしてみたにもかかわらず、南の島からきた、かの島人の姿は、どこにも見あたらなかった。暗いテムズの河底のどこか、そこの澱んだ軟泥のなかに、わが国を訪れたかの珍客のむくろは、いまも人知れず横たわっているはずだ。

「見たまえ、これを」ホームズが言って、艙口《ハッチ》の木の枠をゆびさした。「こっちもけっこうすばやく撃ったつもりだったが、それでも間一髪でやられるところだったみたいだぞ」

言われてみると、まさしく、私たちの立っていた位置のすぐ後ろに、見まちがえようもない例の毒矢が一本、突きたっている。私たちふたりが発射した、まさにその瞬間に、それはふたりのあいだをひゅんとかすめていったのにちがいない。ホームズはそれを見てにんまり笑うと、いつものさりげないしぐさで肩をすくめてみせたが、私のほうは正直なところ、その夜われわれのかたわらをいかにおぞましい死が通り抜けていったかを思うにつけ、まさに背筋の冷える思いにとらわれるのだった。

(1) ウィリアム・ユーアート・グラッドストン(一八〇九―九八)の言葉からの引用とされて

いる。グラッドストンは一八〇〇年代後半に何度か首相を務めた英国の大政治家だが、この引用の典拠はいまのところ不明。

（2）これも出典不詳。

（3）ウィリアム・ウィンウッド・リードの『人類の受難』より。第二章の訳注（2）を参照のこと。

（4）〈プール〉は、テムズ河のロンドン・ブリッジから下流の三・三キロほどの水域。このあとにつづくいくつかの地名も、すべて〈プール〉より下流のテムズ河に接する土地の名。

11　おおいなるアグラの財宝

捕らえられた男は、これまで長らく手に入れようと苦心惨憺《さんたん》してきた鉄の櫃《ひつ》を前に、警察艇のキャビンにすわっていた。濃く日焼けして、目には剽悍《ひょうかん》な光をたたえ、マホガニー色の面《おもて》に刻まれた細かな網の目のような皺《しわ》は、久しく戸外で苛酷な生活を送ってきたことを物語っている。ひげにおおわれたあごのあたりが、めだって大きく前へせりだしていて、いったん思いこんだら容易にひかない気質をうかがわせる。黒い縮れ毛にかなり白いものがまじっているところを見ると、年のころは五十前後だろうか。こうしておとなしくしているかぎりは、必ずしも不愉快な顔だちではないのだが、ひとたび怒りにかられれば、太い眉と、攻撃的なあごとが、たちまちそれをおそるべき凶相に変えてしまうこと、すでに見たとおりだ。いまは、手錠をかけられた手を膝に置いて、頭をほとんど胸にうずめんばかりに低くたれているが、そのくせ、鋭い目がときおりちかっと光って、おのれの悪行のそもそもの根源である、目の前の櫃へと向けられる。じっと感情をおさえているそのこわばった顔に、怒りよりもむしろ悲哀の色を見てとったのは、私の気のせいだろうか。一度だけ顔をあげて、私をちらっと見たその目には、なにかしら茶目っ気らしきものさえうかがわれたものだ。

「ところでと、なあジョナサン・スモール」ホームズが葉巻に火をつけながら、そう声をかけた。「こういう結果になっちまって、残念に思うよ」

「残念ってば、おれだっておなじでさ、旦那」相手もざっくばらんに答える。「まあ今度のこのヤマで、おれが吊るし首にされるたァ思いやせんがね。聖書にかけて誓うけど、おれはショルトーさんには指一本、触れちゃいねえ。ぜェんぶあのチビの悪魔、トンガの野郎のしでかしたことで――あいつがあのひとにあの罰当たりな矢を吹きかけやがったんだ。実際、おれなんざ、身内がやられたみたいに胸が痛んだもんな。だから、ロープの端っこの、ささくれてぼさぼさになったやつで、あのチビ悪魔めを思いきりたたきのめしてやったんだが、まあやっちまったことはやっちまったこと、いまさらどうにもなるもんじゃねえや」

「よかったら、葉巻、どうだね？」ホームズが言った。「それと、ぼくのこの水筒から、一口ぐっとやるといい――濡れねずみのようだから。それにしても、きみがロープをよじのぼっていくあいだ、あの黒人みたいな小柄で非力なのが、ショルトーさんを力で制圧しておけるなんて、どうしてまた考えたものかね」

「まるで現場を見てたみたいに、よく知ってなさるじゃねえか。いや、じつをいうとね、あの部屋にはだれもいねえはずだったんだ。あのうちの日ごろの習慣はよくわかってるが、普段ならばあの時間、ショルトーさんは夕飯を食べに下へ降りていなさる。まあこうなったらしかたがねえ、思いきって洗いざらいぶちまけやすがね。ありのままをしゃべることが、このさい、なによりの申しひらきになるんだから。そこであらためて言うんだが、相手がかりにあの老いぼれ少佐の野郎だったら、縛り首になろうがなんだろうが、平気でどんなことでもやってやったでしょうや。あいつをナイフでぐさりとやることぐれえ、こうして葉巻をふかすのとぜんぜん変わりゃしねえ。だけどね、なんの恨みもねえ息子のほうのショルトーのことで、あたら監獄行きになるとなると、こりゃてんで間尺《ましゃく》に合わねえってもんで」

「きみの身柄はいま、スコットランドヤードのアセルニー・ジョーンズ氏の管理下にあるわけだが、そのジョーンズ氏がこれからきみをぼくの住まいに案内してくれて、そこでぼくがきみの口から、事の真相を訊きだすことになっている。いっさいを包み隠しなく話してくれ。そうすれば、このぼくが悪いようにはしないから。たとえば、例の毒矢の毒だが、あれにはとびきりの即効性があって、被害者はきみが部屋にはいっていったときには、すでにこときれていたと、そう証言してやることもできるんだ」

「そこでさあ、旦那、実際にもそのとおりだったんで。まったく、あのときほどたまげたことはねえ。窓をのりこえてはいってってみると、あのひとが首を横っちょにひんまげて、にたっと笑ってる。もうぞっとしたのなんのって。あれでもしトンガめがすばしこく逃げちまわなかったら、見せしめに半殺しにしてやってたかもしれねえ。あいつが棍棒を置き忘れたり、吹き矢を落としてったりしたのも、あわてて逃げたせいだって、あとで言ってやがったが、けどまあ旦那もそのおかげで、おれたちの身元を割りだせたってェのが正直なところじゃねえんですかい？　もっとも、そこからどこをどうたどってここまできなさったのか、そこまではおれも知っちゃいねえが、だからって、旦那のことを恨みに思ったりはしてやせんぜ。まあなんにしても、不思議なもんだね」と、ほろ苦い笑みを浮かべながらつけくわえて、「およそ五十万ポンドもの財宝の正当な所有権を持つこのおれが、人生の前半分はアンダマン島の流刑地で防波堤の石を積んで暮らし、残りの半分はダートムアの監獄で、下水溝を掘って暮らすことになろうたァな。思えばあの土地でアーフメットという商人と出あって、〈アグラの財宝〉とかかわりを持つようになったあの日、あれこそがおれの生涯最悪の厄日だったね。あの宝は、持ち主に災難をもたらしこそすれ、佳《よ》い結果なんざ、これっぽっちも生みゃしねえ。アーフメットは殺される、ショルトー少佐は恐怖と罪悪感におびえどおし、おれはおれで、終生の奴隷労働で朽ち果てるってわけだ」

　ここでアセルニー・ジョーンズが姿を見せ、大きな顔と肥った肩とを狭いキャビンに押しこんできた。

「やあやあ、なごやかにやっとられますなあ」と言う。「わたしもその水筒から、一口ご相伴にあずかるのも悪くはないんだが、ねえホームズ。とにかく、おたがい成功を祝おうということで。片割れの男を生かしてつかまえられなかったのは心残りだが、あの場合はどうしようもなかった。それにしてもね、ホームズ、この逮捕劇の一部始終、これはいささかきわどい闘いだったってこと、これはあんたも認めざるを得ないんじゃないですか？　なんせ、向こうのランチにぎりぎり追いつけるかどうかの瀬戸ぎわだったんだから」

「なに、終わりよければすべてよしだよ」ホームズは言いかえす。「ともあれ、言い訳するわけじゃないけど、ぼくだってほんとうはあの艇に、あれほどのスピードが出せるとは思いもしなかったんだ」

「スミスの言い種《ぐさ》では、この河筋きっての快速艇で、あとひとり、汽罐焚《かまた》きの助手がついていさえすれば、みすみすわれわれに追いつかれることなんかなかった、とのことで。ちなみに、ノーウッドの事件については、あいつ、なにも知らんそうです」

「そうさ、なにも知るもんか――」捕らえられた男がいきなり叫びたてた。「――これっぽっちもだ。たんに速い船だと聞いたんで、あいつのランチを選んだだけでよ、なにひとつ打ち明けちゃいねえさ。それでも手間賃はたっぷりはずんだし、このまま首尾よくグレーヴズエンドまで行って、ブラジル行きの〈エスメラルダ〉号に乗りこめたら、そのときはまた、それ相応のことはしてやるつもりでいたんだ」

「なるほど。まあ悪事に加担しているのでなければ、あいつに累が及ばんようにしてやることぐらいはできるだろうよ。われわれは迅速に悪いやつを捕らえはするが、そいつらを罰するうえでは、さほどすばやいってわけでもないんだ」

　ジョーンズが犯人逮捕に気をよくしてか、いままでの謙虚な態度はどこへやら、手のひらを返したように威張った口をききだしたのは、いささか笑止だった。シャーロック・ホームズの面をかすかな笑みがよぎったのを見れば、彼がいまの尊大な台詞《せりふ》を聞きのがさなかったこと、これは私にもわかった。

「まもなくヴォクソール橋に着けますから」と、そのジョーンズが言った。「ワトスン先生はその櫃を持って降りてください。念を押すまでもないでしょうが、これはわたしとしても重大な責任を負う覚悟でやってることでして、きわめて異例の措置ですからね――とはいえ、むろん、約束は約束。ひとまず認めはしますが、それでも先生には莫大な値打ちのある品をお預けするのですから、責任上、巡査をひとり同行させます。馬車で行かれますね？」

「ええ。辻馬車を拾います」

「櫃のキーがないというのは、かえすがえすも残念ですな。あれば、ここで目録をつくっておくところなんだが。おい、おまえ、キーはどこへやったんだ？」

「河の底さ」スモールはぶっきらぼうに答える。

「ちっ！　よけいな手数をかけやがって。いままでさんざん手を焼かせたそのうえに。それはそうと、先生、どうかくれぐれも用心してくださいよ。用がすんだら、櫃はそのままベイカー街まで持ち帰ってください。われわれも署へ向かう途中、ベイカー街に立ち寄って、待機しておりますから」

艇はヴォクソール橋で重い鉄製の櫃をかかえた私を降ろした。無骨だが、ひとあたりはよい巡査がひとり、私に同行した。セシル・フォレスター夫人の家までは、馬車で十五分だった。応対に出たメイドは、遅い訪問者に驚いたようすで、奥様は今夜お出かけです、お帰りはだいぶ遅くなるでしょう、と言う。それでも、モースタン嬢は客間においでだと言うので、私は協力的な巡査を馬車に残し、櫃を小脇に、その部屋に通してもらった。

モースタン嬢は、白い羅《うすもの》の、ネックとウエストにわずかに緋色をあしらったドレスをまとい、ひらいた窓のそばにすわっていた。シェードのかかったランプのやわらかな光が、バスケットチェアに背をもたせかけた彼女を照らして、その落ち着いた、やさしい面《おも》ざしを浮かびあがらせ、ふさふさしたみごとな巻き毛のひとつひとつに、鈍い金属的な光沢を添えている。白い腕をぐったり力を抜いて椅子の肘かけにのせ、さらに全身の姿勢というか、たたずまいそのものからも、深い憂愁にとらわれていることがうかがわれる。だが、私の足音を耳にするなり、ぱっと立ちあがったその面を見れば、驚きと同時に、喜びの色が躍り、それが青白い頬をぽっと染めている。

「馬車の着く音がしましたので」と言う。「フォレスター夫人のお帰りがずいぶん早いなと思いましたけど、まさかあなただったとは。わたくしになにか新しいニュースでも？」

「それよりも、もっとはるかにすばらしいものです」心のうちは暗く沈んでいたにもかかわらず、努めて快活な、威勢のよい調子でそう応じながら、私はかかえてきた櫃をテーブルに置いた。「さあ、これです――世界じゅうのニュースをぜんぶ合わせたのに劣らぬ値打ちのあるもの。あなたに一財産、運んできてさしあげたのですよ」

彼女はちらりと鉄製の櫃に目をやった。

「ではこれが、例の財宝とやらですの？」ずいぶんとそっけない口調だ。

「そうです、ほかでもない〈アグラの財宝〉ですよ。この半分があなたのもの、残る半分がサディアス・ショルトーのもの。おひとりざっと二十万ポンドというところでしょうか。まあ考えてもごらんなさい！　ほぼ一万ポンドの年収に相当します。若くしてこれだけの資産に恵まれている女性、わがイギリスにもそう大勢はいませんよ。すごいじゃありませんか」

いまにして思えば、私の祝福の表現はいくぶん大袈裟に過ぎたのだろう。そしてモースタン嬢もまた、私の述べる祝詞のなかに、なにやらうつろな響きを聞きとったのにちがいない。というのも、かすかに眉をつりあげて、ちらりといぶかしげに私を見たからだ。

「では、かりにこれがわたくしのものになるのでしたら、なにもかもあなたのおかげということになりますわね」と言う。

「とんでもない」私は否定した。「それを言うなら、ぼくではなく、わが友シャーロック・ホームズのおかげと言うべきでしょう。ぼくなんか、いくらがんばっても、手がかりからなにひとつつかむことはできませんでした――ホームズの天才的な分析能力をもってしても、かなり手こずらされたくらいですから。正直な話、最後の最後に、あやうく取り逃がすところですらあったのですよ、これを」

「そのへんのこと、どうかおかけになって、すっかり話してくださいましな、ワトスン先生」

というわけで、私は最後に彼女に会ったとき以来の出来事を手みじかに語って聞かせた。ホームズの新式の捜査法のこと、〈オーロラ〉号の発見と、アセルニー・ジョーンズの来訪、そして今夜のわれわれの作戦行動と、テムズをくだる命がけの追跡行のこと。彼女はわずかに口をあけ、目を輝かせて、私の語る冒険談に聞き入っていたが、やがて話があやうく私たちをかすめて飛んだ例の吹き矢のことに及ぶと、真っ青になって、いまにも失神しそうになった。

それでも、私が急いで水をついでさしだすのを制して、彼女は言った。「いいえ、なんでもありませんわ。もうだいじょうぶです。ただちょっとショックだっただけですの――わたくしのせいで、たいせつなお友達ふたりを、そんなにも恐ろしい危険にさらしてしまったかと思うと」

「なに、もうすんだことですよ。たいしたことじゃない」私は答えた。「それより、こんな不愉快な話はもうやめにして、もっと明るい話題に切り換えましょう。となれば、そら、この財宝です。これ以上に明るい話題はないでしょう？　あなたが真っ先にごらんになりたいだろうと思ったので、然るべき筋の了解を得て、こうしてはるばる運んできたわけなんです」

「でしたらわたくしもぜひ拝見しとうございますわ」

そうは言ったものの、あいにく彼女のその声音には、すこしも熱がこもっていなかった。なにぶん、手に入れるのにかなりの犠牲が払われているらしいとあって、あまりに無関心では失礼にあたる——おそらく、そんな気持ちで言ったことにちがいない。

「まあ、なんてすてきな細工なのかしら！」わざとらしく、近々と櫃の上に身をかがめながら言う。「これ、きっとインドの細工師の仕事でしょうね？」

「そうです。ベナレス名産の金属細工ですよ」

「それに、ずいぶん重いこと！」持ちあげてみようとしながら言う。「この櫃だけでも、きっと一財産に相当しますわ。キーはどこですの？」

「スモールのやつがテムズに投げこんでしまいました」私は答えた。「ここはひとつ、フォレスター夫人の火かき棒を拝借しなければ」

櫃の正面側に、分厚く幅の広い掛け金がついていた——仏陀の座像をかたどったものだ。その下に、火かき棒の先をこじいれた私は、梃子《てこ》の要領で強く外側へひねった。がちっと鋭い音がして、掛け金ははずれた。わななく指で、蓋をはねあげる。と、つぎの瞬間、私たちはそろって櫃をのぞきこんだまま、棒立ちになった。櫃はからだった！　あれだけ重かったのも道理、四面ともに、厚さ三分の二インチほどもある鉄板で造られている。明らかに極上の貴重品を持ち運ぶための箱らしく、頑丈なうえに、細工は入念、持てばずしりと重い——が、そこにいまは宝石どころか、石ころひとつ、金属のかけらひとつはいってはしない。文字どおりのからっぽ、まったくのすっからかんだ。

「結局、宝物はなかったってことですのね」と、モースタン嬢が静かに言った。

その言葉を聞き、それの意味するところをさとったそのとたんに、私の胸の奥にわだかまっていた大きな重しが、にわかにとれたような心地がした。いまのいままで、その〈アグラの財宝〉なる存在が、どれほど重く心にのしかかっているか、私は自分でも気づかずにいた。いまその重しがついに取り除かれたことにより、ようやくそれが実感として胸に迫ってきたのだ。いかにもそれは、身勝手で、かつ不誠実、誤った願望にほかならない。だが、そのとき私の頭にあったのは、モースタン嬢とのあいだに立ちふさがっていた黄金の障壁が、いまついに消え去ったという、ただその一事だけだった。

「神よ、感謝します！」心の底からの叫びが口を衝いて出た。

モースタン嬢がすばやく、物問いたげな笑みを向けてきた。

「なぜそうおっしゃいますの？」と、問いかけてくる。

「なぜかといえば、これであなたがもう一度、ぼくの手の届くところにもどってきてくれたからですよ」そう言いながら、私は彼女の手をとった。彼女はその手をひっこめようとはしなかった。「なぜかといえば、あなたを愛しているから。そうなのです、メアリー――どんな男にも劣らず、誠実に、衷心から、ぼくはあなたを愛している。だのにいままでは、この宝のせいで、この富のせいで、口をつぐんでいるしかなかった。それがいまや消えてくれたからには、ぼくも心おきなくあなたを愛していると言うことができる。だからなんです――『神よ、感謝します』と、そう言ったのは」

「ではわたくしも申しますわ、『神様、感謝いたします』って」彼女はそっと私に寄り添ってきながら、そうささやいた。

宝を失ったのがだれであれ、かくして私自身はその夜、自分がひとつの宝を得たのを知ったのだった。

12 ジョナサン・スモールの世にも奇態な物語

馬車に残った巡査は、私がふたたび出てゆくまでにずいぶん待ちくたびれたはずだが、それでもじっと待っていてくれたのだから、よほど辛抱づよい男なのにちがいない。だがその巡査も、私がからっぽの櫃《ひつ》を見せると、顔を曇らせた。

「やれやれ、これで報奨金もふいか!」と、情けなさそうに言う。「お宝がなければ、報酬もなし、ですからね。それさえあれば、今夜の一働きで、サム・ブラウンのやつもわたしも、十ポンド札の一枚ぐらいはもらえたところだったが」

「サディアス・ショルトー氏は金持ちだからね」私は言った。「財宝がもどろうがもどるまいが、そのために働いてくれた諸君に謝礼ぐらいは出すだろうさ」

だが巡査は落胆のていで首をふるばかり。

「いやはや、ばかを見た」と、くりかえしぼやいてみせる。「きっとアセルニー・ジョーンズさんだって、おなじ気持ちだと思いますよ」

その予言は的中した。ベイカー街にもどって、からの櫃を見せたところ、唖然として口もきけぬありさまだったからだ。ジョーンズとホームズ、それに捕らえられた男の一行は、予定を変えて、途中の警察署にまず顔を出し、それからこちらへまわってきたので、やはりたったいま着いたばかりだった。わが同居人は、例によって大儀そうに肘かけ椅子に寄りかかり、捕らえられたスモールはその向かいに、木の義足を無傷なほうの膝にのせた姿勢で、ぼんやりすわっていた。だが私がからの櫃を見せると、いきなりそっくりかえって、無遠慮に笑いだした。

「さては、きさまのしわざだな、スモール」と、いきりたったアセルニー・ジョーンズがなじった。

「ああそうさ、あんたたちの手のぜったい届かないところへやっちまったよ」と、スモールは得意満面で言う。「あれはおれの宝なんだ。だから、おれの手にはいらねえとなりゃ、ほかのどいつの手にもはいらねえように、せいぜいがんばっただけのことさ。言っとくけどよ、この世であの宝物にたいする所有権を持つのは、いまもアンダマン島の流刑囚収容所にいる三人の男と、そしてこのおれ、しめて四人だけだ。ほかにはだれひとりいるはずがねえ。いまとなっちゃ、その権利を主張することはおれにもできねえだろうし、ほかの三人にも無理だ。これまでずっとおれは、自分のためばかりじゃなく連中のためにも、やれるだけのことをやってきた。〈四の符牒〉というのが、終始、おれたちの旗印になってきたんだ。だからな、ほかの三人だっておれのしたことを耳にすれば、ああ、それでいい、宝をショルトーやモースタンの身内や係累に渡すくらいなら、テムズの河にほうりこんじまうほうがよっぽどましだった、そう言ってくれるにちげえねえのさ。おれたちがアーフメットのやつを殺《や》ったのは、なにもそういう連中を金持ちにしてやるためじゃねえんだから。いま宝があるのは、キーのあるところ、そしてあのトンガのやつが眠ってるところだ。いずれそっちのランチに追いつかれそうだと見たとき、このおれの手でそっくり安全な場所に移してやったのよ。せっかくこんなとこまで追っかけてきてもらったが、所詮あんたらにゃ骨折り損だったわけさね」

「ごまかそうとしても無駄だぞ、スモール」アセルニー・ジョーンズがぴしりと言った。「財宝をテムズにほうりこみたければ、櫃ごとそっくりほうりこむほうが、よっぽど楽だったろうが」

「ほうりこむのが楽なら、そっちが回収するのも楽なわけだ」抜け目のなさそうな横目を使いながら、スモールは言いかえした。「おれをあそこまで追いつめて、とっつかまえるくれえに利口なおひとなら、河底から鉄の箱のひとつやふたつ、ひきあげるのは造作もねえだろう。けど、中身だけが五マイルばかりの距離にばらばらに散らばってるとなると、こりゃそう簡単じゃねえ。そりゃあおれだって、あれをばらまくのはずいぶんつらかったさ。そっちがだんだん追いついてきたときにゃ、まあ半狂乱になってたんだろうな。とはいうものの、いまさらそれを悔やんでみたって始まらねえや。おれのこの一生、ずいぶん浮き沈みはあったけど、おかげで、すんだことは嘆かねえぐれえの分別はついてるのさ」

「しかしこれは重大なことだぞ、スモール」ジョーンズが言った。「おまえはわれわれの鼻を明かしたつもりなんだろうが、そうするかわりに正義の味方をしていれば、いずれ裁判のときにでも、情状を酌量してもらえる余地もあったかもしれんのだ」

「正義だと！」元受刑者は嚙《か》みつくように言った。「正義が聞いてあきれらァ！　あの宝がおれたちのものでなくって、いったいだれのものだっていうんだ！　それを手に入れるために汗ひとつかいたことのない連中に、むざむざ宝をくれてやるとしたら、その行為のどこに、正義があるっていうんだ！　まあ聞きやがれ、おれがあれをどうやって手に入れたか、そのいきさつをひととおり話してやるから。いいか、二十年という長い年月、熱病のはびこる沼地を這いずりまわり、日がな一日、マングローブの木の下でこき使われ、夜は夜で、不潔な流刑囚小屋で鎖につながれて、蚊には刺され、マラリアには苦しめられ、白人をいじめて憂さ晴らしをしたがる、たちの悪《わり》ィ黒人の警官どもにゃいびられどおし、そんな毎日だ。それだけの思いをして、おれはあの〈アグラの財宝〉を手に入れたんだぞ。なのに、その宝を他人が横どりしてのうのうとしてる、そう思うと我慢がならなかったという、ただそれだけで、あんたらは正義だのなんだのと、このおれに偉そうなお説教かよ！　こっちは牢屋暮らしだってのに、縁もゆかりもねえ他人が、本来おれのものであるはずの金で、御殿におさまってのお大尽暮らし、そんな目にあうくれえなら、二十回でも縛り首にされるか、でなきゃトンガのあの吹き矢で、ひとおもいにぶっすりやってもらうかしたほうが、よっぽどましだよ」

　スモールは、これまでかぶっていた自制心という仮面をかなぐり捨てていた。その口からはとめどなく激した言葉があふれだし、目はぎらつき、手は熱病にでもやられたように激しくふるえて、手錠ががちゃがちゃ鳴った。こうした憤怒と激情のさまをまのあたりにすると、この遺恨に燃える元受刑者が自分をつけねらいはじめたと知ったとき、ショルトー少佐をとらえた恐怖がけっして根拠のないものでも、不自然なものでもなかったということが、私にもようやく得心できたのだった。

ここでホームズが穏やかに口をはさんだ。「きみは忘れてるようだが、われわれはそうした事情をなにも知らないんだよ。きみから見た事の真相というのを、まだ聞かされていないんだから、それがはたしてきみの側から見て正義なのかどうか、判断のしようがないんだ」

「なるほど、わかったよ、旦那。旦那ははなからおれにまともな口をきいてくれた——もっとも、この手にこういう輪っぱがはまってるってのも、旦那のおかげと言やあそうにちげえねえんだが。いや、だからといって、旦那を恨んでるわけじゃありませんぜ。そっちはそっちで公明正大に、やるべきことをやっただけのことなんだろうから。旦那が話をお聞きになりてえというんなら、こっちも隠しだてするつもりはねえです。これからおれのしゃべることは、神に誓って、一言一句、真実そのままだ。いやあ、すみませんね、グラスはそこに置いといてください——喉が渇いたら、口をそっちへ持っていきますから。

おれはウスターシャーの生まれです。在所はパーショーの近くですが、いまでもそのへんへ行ってみりゃ、スモールを名乗る一族が山ほどいるはずです。おれも何度か思ったことはある——一度ぐらいは帰省して、家族に会ってこようか、とね。でも正直な話、あんまり身内のものの自慢になるような身でもなし、顔を見せたって、みんな迷惑がるだけかもしれねえ。なんせ、身上《しんしょう》は小せえけど、かたい自作農だし、みんなまともな、教会へもかよう連中ばかり、近在では名も知られ、一目置かれる立場だ。そのなかで、このおれひとりがはぐれもので、しょっちゅうふらふらしてたんだが、もうじき十八になるというころ、これが迷惑のかけじまいということになった——ある女の子のことでちょっとごたごたを起こして、それから逃げるためには、軍隊を志願するしかなくなったんだ。でもって、ちょうどインドに出発するところだった、東インド第三連隊にはいったってわけ。

　ところが、その軍隊でも、おれはたいした働きのできる運命じゃなかった。やっと直立歩調訓練《グースステップ》(1)が終わって、マスケット銃の扱いも覚えたところで、ガンジス河で泳ぐというばかな真似をやっちまった。たまたまおなじ中隊のジョン・ホールダー軍曹というのが、すぐそばにいあわせて、これが軍隊一の泳ぎの名手だった。おれが河のまんなかへんまで泳いでったとき、クロコダイルがあらわれて、がぶりと一口、この右脚を、まるで外科医が切りとったみたいに、膝のすぐ上のあたりからすっぱり嚙み切りやがった。ショックやら貧血やらで、おれは気が遠くなって、もしもホールダーがつかまえて、浅瀬までひっぱってってくれなかったら、その場で溺れ死んでたはずだ。そのあとは五カ月間、病院で過ごして、ようやく、ちぎれた脚の先にこの義足をつけられて、ひょろひょろ退院してきたときには、ごらんのとおりの姿でね。傷病兵として免役になったうえ、ほかのどんな体を使う仕事にも向かない、という境遇になってた。

　まだ二十歳《はたち》にもならない身空で、てんで役たたずになっちまったんだから、おれの運もこれがどん底、もうどんな見込みもなかったと、そう思いなさるかもしれねえが、じつは、〝捨てる神あれば拾う神あり〟でね。エイブル・ホワイトといって、藍《あい》の栽培を始めるためにインドにきたひとがいたんだが、そのひとが農園の監督を探していた——苦力《クーリー》(2)たちの面倒を見たり、ちゃんと働くように督励したりと、まあそんな役目。たまたまこのホワイトさんが、おれが脚をなくして以来、ずっとおれの身の上を気にかけてくれてた連隊長殿と知り合いでね。でまあ、長い話をはしょれば、この連隊長殿がその役におれをどうかと、強力に推薦してくれたってわけ。仕事ってのは、ほとんど馬に乗ったままでできるし、残った膝だけでも、しっかり鞍にまたがってるぶんには不自由しねえから、脚のことはべつに障害にはならねえ。おれの役目は、馬で農園じゅうを見まわって、労働者たちの仕事っぷりに目を配り、怠けてるやつがいれば報告する、と。給料はいいし、居心地のいい宿舎もあてがわれて、まあおれとしちゃ、いっそこのまま一生ここで、藍栽培業にたずさわるのもいいかな、なんて思いはじめてた。エイブル・ホワイトさんもやさしいひとでね、ちょくちょくおれの小屋へやってきちゃ、いっしょにパイプをふかしてったりしたものさ——こういう土地へやってきた白人同士ってのは、おたがい本国にいたときには考えもしなかったような、温かい仲間意識というのかな、まあそういう感情を持つようになるものなんだ。

　でもね、おれの幸運も所詮は長続きしねえ定めだったよ。だしぬけに、それこそなんの前ぶれもなく、反乱が勃発したんだ——いわゆる〈セポイの反乱〉[3]さ。ほんの一ヵ月前には、インドはサリー州とかケント州なんかと同様、いたって静かで、平穏そのものだった。それがこの月になると、一挙に二十万もの黒いやつらが騒ぎだして、国じゅうが地獄も同然。むろん旦那がただって、このへんはよくご承知でしょう——いや、おれなんかより、ずっとよく知ってなさるはずだ。なんせおれ、新聞とかを読むのが苦手なもんでね。知ってるのは、自分のこのふたつの目で見てきたことだけ。うちの農園があったのは、西北の国境近くで、ムットラ[4]という土地。くる夜もくる夜も、街じゅうのバンガローが燃える火で空が真っ赤に染まり、昼は昼で、小人数のグループをつくった西洋人が、ひっきりなしにうちの農園の地所を通って避難していく。それぞれ妻子を連れていて、めざす先はアグラ——最寄りの軍隊の駐屯地です。

エイブル・ホワイトさんは、しかし、頑固なひとだった。事が大袈裟に伝わってるだけだと思いこんでて、反乱は始まったときもだしぬけだったんだから、終熄《しゅうそく》するときもだしぬけに終熄すると観測していた。だもんで、四方火の海だというのに、ベランダに腰を据えて、ウイスキーソーダを飲み、両切り葉巻をふかしていた。むろんおれたち——おれとドースンも、そばを離れなかった。ドースンってのは、女房連れで農園に住みこんで、帳簿づけや、経営管理を受け持ってた男だ。で、ある晴れた日のこと、ついに破滅がやってきた。おれは遠くの農場まで出かけて、夕方、のんびり馬で帰ってきた。その途中、ふとある干あがった水路《ナーラー》の底を見ると、なにやらくたっと丸まったものがころがってる。なんだろうと思って、急な土手を馬で降りてったとたん、全身に冷水を浴びせられた心地がした。ドースンのかみさんだったんだ——ずったずたに切り刻まれて、おまけにジャッカルだか野犬だかに半分がた食い荒らされてる。そのすこし先では、亭主のドースンのほうも見つかった。うつぶせに倒れて、もうすっかりこときれてる。手には弾を撃ちつくしたリボルバーを握ってて、その前には、四人の土民兵《セポイ》が折り重なって倒れてる。おれは手綱《たづな》をしぼって馬を止めたが、さて、この先どうしたらいいものやら、とっさには判断がつかない。ところがそのとき、いきなり目にとびこんできたのが、エイブル・ホワイトのバンガローからもくもくと立ちのぼる黒い煙だ。おまけに、屋根からは赤い炎まで噴きだしはじめてる。このときはっきりわかった——もうこうなったら、おれがあわてとびこんでったところで、主人のためにはなにひとつしてやれないどころか、あたらこの命を無駄に捨てるだけのことだと。おれのいる地点からは、それこそ何百という黒いやつらが、いまだに英軍の赤い軍服を着たまま、炎上する家をかこんで、踊ったり、わめいたりしてるのが見てとれたが、そのうち、何人かがこっちをゆびさしたかと思うと、いきなり銃弾が二、三発、ひゅんと頭をかすめた。そこでおれは稲田を横切って逃げに逃げたあげく、夜も遅くなってから、どうにかアグラの市内にたどりついた。

だけどね、ここもじつはけっして安全とは言えねえことがわかった。なにしろ、火の手が全国にひろがってて、いたるところ、蜂の巣をつついたような騒ぎ。イギリス人はあちこちで小人数のグループをつくり、銃で睨《にら》みの利く範囲だけはなんとか死守していたが、そこから一歩出れば、無力な難民として逃げまどうしかない。なんせ、敵は何百万、それをわずか何百人かで防ごうという戦いなんだ。なかでもいちばんこたえたのは、戦う相手ってのがみんな、歩兵にしろ、騎兵にしろ、砲兵にしろ、それまではわが軍の精鋭部隊だったということ――われわれが教えこみ、訓練してやってきた連中が、われわれのものだった武器を手に、われわれの喇叭《らっぱ》を吹き鳴らして向かってきやがるわけだ。当時、アグラには、ベンガル第三フュージリア一個連隊と、シーク兵が少々、騎兵が二個中隊と、砲兵一個中隊が駐屯していた。市内の事務員とか商人とかも集まって、義勇軍を編成してたんで、おれも義足の身ながらそれに参加した。七月の初めに、こっちから市外に打って出て、シャーグンジで反乱軍と一戦まじえ、いっときはやつらを撃退してやったこともあったが、そのうち、こっちの弾薬が尽きて、また市内に逃げもどるはめになった。

四方八方、どっちからも、聞こえてくるのは最悪の情報ばかり。それも当然さ——だって、地図を見りゃわかるように、われわれのいる場所こそが騒乱のまっただなかだったんだから。ラクナウへは東へ百マイルとちょっと、コーンポールへは南へほぼおなじ距離といったところか。どっちを向いても、拷問と、殺人と、暴力とがあふれてやがる。

アグラは大きな街なんだが、そこに、ありとあらゆる狂信者や、熱烈な悪魔崇拝教徒のたぐいがうようよしてた。ほんの一握りのわれわれ守備隊なんぞ、うかうかしてると、市内の細くて曲がりくねった街路に迷いこんで、それきり消えちまう。そこで、隊長の決断で河を渡り、対岸の旧アグラの要塞に本拠を移した。旦那がたのなかで、この古い要塞のこと、聞いたか、読んだかしたことのあるひと、いますかね？　じつに妙なところだったね、あれは——おれもずいぶん変わったところへは行ったが、あれほど不思議な場所、ほかに見たことがねえ。まずなによりも、あのばかでかさ。敷地だけでも、何エーカーにも何エーカーにもわたってるんじゃねえかな。一部に、近年建て増された区画があって、そこにわれわれ守備隊の全員、女や子供、糧食その他の貯蔵品、なにもかも詰めこんで、まだたっぷり余裕があるという広さ。ところが、この新しいほうの区画なんて、古いほうの区画にくらべれば、広さにおいて天と地ほどのひらきがある。古いほうには、だれも気味悪がって行こうとしねえんで、いまじゃ蠍《さそり》だの百足《むかで》だのの遊び場専用だ。荒れはてた大広間がいくつも連なり、そのあいだを細い通路がくねくねと結ぶ。長い歩廊が広間を出たりはいったりしながらどこまでもつづく。うっかり踏みこもうものなら、迷子になるのは知れてるってんで、そっちに出かけていこうなんてやつは、めったにいやしねえ。ときたま、物好きな連中が松明《たいまつ》片手に、探検にいってみるぐれえのものだ。河はこの旧要塞の前を流れていて、これが自然の要害をなしてるんだが、要塞の左右と後ろにも、無数の門があって、むろんこれらも、げんに守備隊の駐屯してる新区画と同様、それぞれ人員を配置して、守らなきゃならねえ。もともと人員が不足してるんで、営内の要所要所に警備の人数を置いて、そのひとりひとりに銃を持たせるだけでせいいっぱい。無数にある要塞の営門ぜんぶに、強力な衛兵を配置するなんて、はなから無理な相談だ。で、どうしたかってえと、要塞の中心に警備本部を置き、それぞれの営門には、白人兵一名と、現地兵二、三名を配置して、その門の警備を全面的にまかせる、と。おれもふたりのシーク兵を配下に持たされて、夜間の何時間か、建物の南西側にひとつだけ離れて設けられてる、小さな通用門の警備を受け持つことになった。そのさい受けた指示によれば、万一なにか異変が起きたら、合図に一発、おれのマスケット銃を撃て、と。そうすれば中央の本部から救援が駆けつける。とまあそういう手はずにはなってたんだが、本部はなんてったってたっぷり二百ヤードは離れてるんだし、その二百ヤードだって、迷宮そこのけに入り組んだ通路やら歩廊やらでへだてられてるんだから、あれでいざ実際に敵襲となった場合、はたして救援がまにあってくれるのかどうか、おれとしちゃまことに心もとなかったね。

　でもまあ、いっぽうでは、ちょっぴり得意でもあったんだ——なんせおれ自身、ほやほやの新兵で、おまけに脚が不自由、それが小なりといえども一分隊をまかされたんだから。それから二晩、配下のパンジャブ人たちといっしょに見張りに立った。ふたりとも、背が高くて、精悍な面構えでね。名はモハメッド・シンとアブドゥラー・カーン——どっちもむかし〈チリアンワーラーの乱[5]〉のとき、武器をとって、英軍に抵抗したこともあるっていう古強者《ふるつわもの》だ。英語もけっこう達者に話すのに、おれとはほとんど口もきこうとしねえ。いつだってふたりだけ離れて、おたがい同士にだけ通じる妙なシークの言葉で、一晩じゅうくっちゃべってる。おれはといえば、ひとりぽつんと営門の外に立って、要塞の下を大きく湾曲しながら流れる広い河をながめたり、ちかちかまたたくアグラの街の灯をながめたりして過ごす。河向こうから夜っぴて聞こえてくる太鼓の音や、トムトムの響き、阿片《あへん》や大麻に酔った反乱兵の、傍若無人なわめき声や高笑い、そういうのを聞けば、すぐ対岸に危険な隣人がいるんだってこと、いやでも思い知らされるよな。そうこうしてるうちに、やがて二時間ごとに本部から当直将校がまわってきて、前哨点のどこにも異状はねえかを確かめていく。

　見張りについて三日めは、暗くて、荒れ模様の晩でね、細けえ雨が横なぐりに降ってた。そんななかで、何時間も何時間も営門に立ちつくしてるのって、こりゃ相当につれえぜ。ふたりのシーク兵に口をきかせようとして、何度となく話しかけてみるんだが、いっこう効き目はねえ。夜中の二時に、定時の巡回があって、それでいっとき気がまぎれはしたんだが、その後もふたりの仲間がまるきり話にのってこねえんで、しかたなくおれはパイプをとりだした。マッチをすろうとして、ちょっと銃を下に置く。そのとたんに、ふたりのシーク兵がそろってとびかかってきやがったんだ。ひとりはおれの銃をひっつかんで、こっちに狙いをつける。もうひとりは、でっけえナイフを抜くなり、おれの喉につきつけ、一歩でも動いたらこのナイフでぐさりだぞ、と押し殺した声で脅しをかけてくる。

とっさに思ったのは、こいつらは反乱軍と内通してて、これがいよいよ敵襲の始まりかということだった。おれの守るこの門が土民兵の手に落ちれば、やがては要塞全体が陥落して、大勢の女子供がコーンポールのときとおなじ目にあわされるのは知れてる。そこに考えが及んだとき——ひょっとすると旦那がたは、おれが自分に都合のいいように話を飾ってると思いなさるかもしれねえが、これは実際の話、ほんとにほんとのことなんだ——で、そこに考えが及んだとき、おれはナイフの切っ先が喉にさわってるのにもかかわらず、思いっきり口をあけて、叫ぼうとした。たとえこれが末期の一声になってもいい、声さえ届けば、警備本部への警報にはなってくれるかもしれんと、そんな気持ちだった。

ところが、おれをおさえつけてるほうのひとりが、どうやらおれのその意図を感じとったらしい。叫ぼうとして身構えた、その瞬間に、ぐっとのりだすなり、耳もとにささやきかけてきた。『どうか声をたてんでくだせえ。要塞には何事もねえですから。河のこっち側には、叛徒《はんと》はひとりだっておりゃせんです』

その言いかたには真実らしい響きがあったし、ここでこっちが一声あげれば、その場でおだぶつだってこともわかってる。相手の茶色の目を見れば、それぐらいは読みとれまさ。それでここはさしあたり口をつぐんで、相手の出かたを見ることにしたわけだ。

『まあ聞いてくだせえ、旦那《サーヒブ》』と、ふたりのうちでも一段と背が高くて、顔つきも精悍なほう

――アブドゥラー・カーンってやつだが――こいつが言いだした。『いまここでおれたちに同心するか、それがいやなら、死んでもらうしかねえ。なんせ、とてつもなくでけえヤマだから、おれたちもぐずぐずしてるひまはねえんです。いまこの場で、心の底から、おれたちの仲間になると、あんたらキリスト教徒の十字架にかけて誓うか、それとも今夜、このまま死体になって、そこの河にほうりこまれるか――そうなればおれたちは、いっそ河を渡って、反乱軍の兄弟たちのとこに駆けこむまでだが――いずれにせよ、途《みち》はふたつにひとつ。中間はねえ。さあ、どっちにします――生きるか死ぬか。心を決めるまでに、三分だけ待ちましょう。時間はどんどんなくなるし、つぎの巡回がくるまでには、事をすっかり終わらせてしまいたいんでね』

『心を決めろの、誓えのと言われても、決めようがねえだろうが』おれはやりかえした。『いったいこのおれになにをしてほしいのか、それさえ聞かされちゃいねえんだぞ。とはいうものの、それを聞く前に、ここではっきり言っておく。それが要塞の安危《あんき》にかかわることであれば、おまえらと取り引きする気なんぞ、おれにはこれっぽっちもねえ。このままそのナイフでぐっさりやってもらって、結構だ』

『要塞の安危にかかわることなんかじゃねえです。旦那にしてもらいたいことってのは、旦那の国のひとたちが、そのためにはるばるこのインドまでやってくる、その目的とおなじ。つまり、旦那に金儲けをしてもらおうってことでね。今夜、旦那がおれたちの味方をしてくれるなら、こっちもこうして抜いたナイフの名誉にかけて、そしてシークの徒ならけっして破ることのない三重の誓いにかけて、旦那に公平な分け前をさしあげると約束します。宝の四分の一は旦那のもんだ。これ以上フェアな取り引きなんて、あるもんじゃねえでしょう』

『しかしその宝とは、いったいなんなんだ』おれは問いかえした。『おれだっておまえたち同様、金持ちになれるものなら、おおいになってみたいものだが、しかし、どうすればそうなれるのか、それをまず聞かせてもらわねえとな』

『ならば、まず誓ってくだせえ』相手は言う。『旦那の父親の骨にかけて、母親の名誉にかけて、信仰する宗旨の十字架にかけて、今後けっしておれたちにむかって手はあげねえ、逆らうこともしねえと、そう誓ってほしいんで』

『よし、誓おう』おれは答えた。『ただしそれが要塞の安危にかかわらねえかぎりは、という条件つきでだ』

『そんならおれたち、ここにいる仲間もおれも、誓うことにしましょう――旦那に宝の四分の一をさしあげる。宝はおれたち四人のあいだで平等に分けられる』

『ここには三人しかいねえぞ』おれは言ってみた。

『ああ。ドスト・アクバルのやつにも分け前をやらなきゃならねえんでね。これから彼らのくるのを待つあいだ、詳しい事情というのをひととおり聞かせましょう。おい、モハメッド・シン、おまえは門のところに立っててくれ。彼らがきたら、知らせるんだ。さて旦那、事情というのはこういうことだが、これを旦那に聞かせるのも、誓約というものが西洋人《ファリンギー》にとって、どれだけ力を持つもんかを知ってるから、ならば旦那も信用してよかろう、そう思えばこそでね。これで旦那が嘘つきのヒンドゥー野郎だったら、かりにやつらのまやかしの寺院で、まやかしの神にどれだけ誓いをたててもらったって、所詮はこのナイフが旦那の血にまみれることになるし、旦那の死体がそこの河を流れることにもなる。けども、イギリス人のことならシークはよく知ってるし、イギリス人もシークのことはよくご存じだ。というわけでね、じゃあいよいよおれの話ってのを聞いてもらいましょうか。

北のほうに、ある藩王《ラージャ》がいて、領地はちっぽけなのに、王自身は大金持ち。財産の多くは父王から受け継いだものだが、それ以上に、彼一代でためこんだほうが多い。というのもこの藩王、元来がけちな性分で、金は使うよりもためこむほうが好きという御仁《ごじん》。で、今度の騒乱が起きたときも、一計を案じた——ここはひとつ、ライオンとも虎ともうまくやっていこう。つまり、セポイの側と〈会社〉側とを両天秤にかけたわけだ。だがしばらくするうちに、どうやら白人の天下は終わりそうな気がしてきた。全国いたるところから、白人が殺されたの、負けいくさつづきだの、そんな話しか聞こえてこねえんだから。それでも、根が用心ぶかいたちなんで、結果がどっちにころんでも、財産のせめて半分は無事に残る、という計略をたてた。具体的には、財産のうち、金銀だけは手もとに残して、宮殿の地下の穴蔵に隠す。いっぽう、いちばん値打ちのある宝石類と、選《え》り抜きの真珠なんかは、鉄製の櫃におさめて、商人に変装させた腹心の家来のひとりに託す——アグラの要塞に運ばせて、騒乱のほとぼりが冷めるまで、そこに寝かせとこうという目論見だ。こうしておけば、反乱軍が勝った場合には金銀が手もとに残るし、〈会社〉側が反乱軍を制圧した場合には、宝石が助かる。こうやって財産を無事に半分分けにしたところで、王自らは、セポイの側に身を投じた——彼の領地のあたりでは、そっちが優勢だったからね。さて、ここからが肝心なところなんだが、旦那、よく聞いてくだせえよ――王がそういう処置をとったってことは、とりもなおさず、彼の財産はセポイ側、〈会社〉側、どっちにしろそれぞれの主人に忠実なものが、当然の権利として手に入れてもかまわんということだ。

ところでその、商人になりすまして、はるばるここまで旅してきた藩王の家来――名はアーフメットというんだが――そいつはいまアグラの街まできていて、なんとかこの要塞に入れてもらおうとしてる。そいつが旅の道連れとして、ここまでいっしょにきた男というのが、じつはこのおれの乳兄弟でね。ドスト・アクバルといって、この男が裏の事情も知ってるわけだ。そのドスト・アクバルが今夜、アーフメットを要塞の横手の通用門まで連れてってやると約束したんだが、彼がそのために選んだ門というのが、ほかでもないこの営門。まもなく彼はここへやってくる。するとここで待ち受けてるのが、モハメッド・シンと、このおれという寸法だ。ここはほかの門からは離れてるし、彼のくることはだれにも知れっこない。商人アーフメットなる人物は、今夜かぎり、この世から姿を消し、藩王のおびただしい財宝は、おれたちのあいだだけで分けられることになる。さあ、どうだね、旦那、この話をどう思う？』

おれの故郷のウスターシャーでは、ひとの命はとびきり重くて、神聖なものとされてたもんだ。しかしいまみたいに、周囲一面、どこもかしこも弾の雨、血の海となると、それもずいぶんちがってくる――行く先々でひとが死ぬのに出くわしてるうちに、だんだんどこかが麻痺してくるんだな。だから、商人アーフメットが死のうが生きようが、おれにとっちゃどうってこともなかったんだが、そこへこの財宝の話を聞かされてみると、なんだか心がそっちへ傾きだした。それだけの金があったら、郷里《くに》へ帰ってなにができるか、とか、むかしの〝出来損ない〟めが、モイドール金貨[6]でポケットをふくらませて帰ってきたら、身内のみんなはどう思ってくれるか、とか、まあそんなことまで考えちまってよ。そんなこんなで、もうあらかた腹は決まってたんだが、アブドゥラー・カーンのやつは、おれが黙ってるのをまだ迷ってると受け取ったみたいで、もっとあけすけに話を持ちかけてきた。

『よく考えてみなせえよ、旦那』と言う。『もしその野郎をここの要塞司令官に引き渡しちまったら、やつは縛り首か銃殺、宝石は政庁のものになって、だれが一ルピーの得をするわけでもねえ。ところがだ、そいつを真っ先につかまえるのは、ここにいるおれたちなんだから、ならばいっそ最後までおれたちが面倒を見たって、悪くはねえでしょうが。宝石は〈会社〉の金庫におさめるかわりに、おれたちの手でしっかり預かる。おれたち四人がそろって金持ちになり、大物にもなれるだけのものは、じゅうぶんにあるんだから。しかもここは、要塞のほかの部署とは大きく離れてるから、事の真相をだれかにさとられる心配もねえ。こんなうまい話、ほかにあると思うかね？　さあ、旦那、もう一度、言ってくだせえ、おれたちに加担するかどうかを。いやならこっちも旦那を敵と見なさなきゃならねえ』

『じゃあ言おう、おまえたちに加担するって――これはうそいつわりのない真実だ』おれはそう答えた。

『ありがてえ』そう言って、アブドゥラー・カーンはおれの銃を返してよこした。『このとおり、こっちも旦那を信用してるんだ――おれたちの約束と同様、旦那の約束も、ぜったい破っちゃならねえもんだってことを知ってるからね。さて、そうと決まったら、あとはおれの兄弟が、その商人を連れてくるのを待つばかりだ』

『するてえと、その兄弟も知ってるんだな、おまえたちのやろうとしてることを？』おれは念を押した。

『もともとこれはやつの計画なんだ。やつがたくらんだことなんでさ。じゃあ、おれたちも門まで出て、モハメッド・シンといっしょに見張りをつづけるとしますか』

雨はあいかわらずしょぼしょぼ降っていた。ちょうど雨季の始まりだったんだ。鬱陶《うっとう》しい茶色の雨雲が空を流れて、ほんの目と鼻の先すら、ほとんど見通しがきかねえ。われわれの守る営門の正面は、深い濠《ほり》になってるが、水はところどころであらかた干あがってるから、歩いて渡るぐらいはわけねえこった。それにしても、妙な気分のものだったぜ――そうやってふたりの荒っぽいパンジャブ人と営門に立って、死の罠とも知らずに近づいてくる標的を待ってるってのは。

と、とつぜん、濠の向こうに、おおいをかぶせた角灯の灯がちらつくのを、おれの目がとらえた。じきに土手の出っ張りに隠れちまったが、すぐまたあらわれて、ゆっくりこっちへ近づいてくる。

『きたぞ！』おれは言った。

『普段のように誰何《すいか》してくだせえ、旦那』アブドゥラーがささやきかけてきた。『こわがらせちゃだめですぜ。つかまえたら、おれたちといっしょに営内へ送る。そうすれば、あとはおれたちがかたをつけるから、旦那はこのまま見張りをつづけててくだせえ。角灯のおおい、すぐはずせるようになってますね？――相手がまちがいなくめあての男かどうか、確かめなきゃならねえんで』

前方の明かりは、ちらちらしながら止まったり、進んだりして、すこしずつ近づいてくる。やがておれの目にも、濠の向こうの二人連れの姿が見てとれるようになってきた。対岸の土手をよろめきながら降りて、浅瀬のぬかるみを渡り、こっち側の土手を中途までのぼってきたところで、おれが声をかけた――

『だれだ、そこにいるのは』おさえた声で言う。

『味方です』答えが返ってきた。そこでおれは角灯のおおいをとり、ぎらぎらした光をふたりに浴びせてやった。ひとりは、きわだって大柄なシークで、真っ黒なあごひげを、腹に巻いた飾り帯《カマーバンド》のあたりまでたらしてる。いやもう、おそろしく背の高い男で、あんな巨人は見世物のほかでは見たこともねえ。もうひとりは、逆にちっこくて、肥ってて、まるまるした男で、頭には大きな黄色のターバン、手にはショールにくるんだ包みを持ってる。その手が熱病にでもかかったようにふるえてるところを見ると、こわくて胴ぶるいが止まらないらしい。おまけに、しょっちゅう頭を右へ向け左へ向け、小さな目を光らせてきょろきょろしてるところなんぞ、穴から出ようとする二十日鼠《はつかねずみ》そのままだ。この男を殺すのか、そう思ったとたんに、背筋がぞっと寒くなったが、そこで、いずれ手にはいる財宝のことが思い浮かぶと、心はまた火打ち石みたいにかたくなった。ところが、おれの白い顔を見つけたそいつが、うれしそうにきゅっ、と喉を鳴らすなり、あたふたとこっちに駆け寄ってきたじゃねえか。

『お助けください、旦那様《サーヒブ》』息を切らして言う。『どうかこの哀れな商人アーフメットをおかくまいください。なんとかこのアグラの要塞にかくまってはいただけぬものかと、はるばるラージプターナの先からやってまいりました旅のものでございます。〈会社〉側の人間と見られて、持ち物を奪われたり、打擲《ちょうちゃく》されたり、罵《ののし》られたり、それはもうさんざんな思いをしてまいりました。ですが、今夜は命拾いいたしました。持ち物はたったこれだけになってしまいましたが、それでも、おかげさまで枕を高くして眠れるというものです』

『持ち物というのはその包みか？　中身はなんだ？』おれはたずねた。

『鉄の箱でございます。中身はちょっとした家伝の品が二つ三つ。ひとさまにはなんの値打ちもございませんが、わたくしとしては手ばなしがたいものばかり。とは申せ、これでもわたくし、物乞いではございませんから、もしもおかくまいくださいますなら、お若い旦那様、あなたさまにも、それから要塞司令官様にも、じゅうぶんなお礼はいたす所存でございます』

おれは心が揺らいできた。もうこれ以上、その男の言葉を聞いていられる自信がない。そのまんまるな、おびえきった顔を見てれば見てるほど、血も涙もなくこいつを殺してのけるのがむずかしくなりそうだ。さっさとかたづけてしまうのに越したことはない。

『こいつを本部へ連れていけ』おれは命じた。ふたりのシーク兵が左右からぴったりそいつをはさみ、後ろにはもうひとりの巨人がついて、一行は暗い営門をくぐっていった。そこまで隙間なく死に神にとりかこまれた人間ってやつ、およそ例がねえだろう。その場に残ったのは、角灯を持ったおれひとりだった。

そのあとしばらく、人気のない歩廊を、一行がゆっくり間合いをはかったような足どりで遠ざかっていくのが聞こえてたが、それがいきなりぱたっとやんだ。と思うまもなく、なにやら言いあう声、もみあう気配、殴りつける音がして、そのあと一瞬おいて、ふいにこっちへむかって必死に駆けてくる足音が聞こえて、おれは思わずぞくっとした。走る男の激しい息づかいも、足音にまじって聞こえてくる。おれは目の前の長く、まっすぐな歩廊へむけて、手もとの角灯をさしつけてみた。すると、さっきのあの肥った男が、顔を血まみれにして、飛ぶように駆けてくる。そしてそのすぐ後ろからは、あの巨人——真っ黒なあごひげのシークの男——が、手にナイフをかざし、獲物に躍りかかる虎そこのけの勢いで追ってくる。それにしても、そのちっこい肥った商人の、逃げ足の速《はえ》ぇこと速ぇこと。みるみるうちに、あとからくるシークを引き離す。このままおれの前を通り抜けて、門の外まで出てしまえば、ひょっとすると助かるかもしれん。一瞬おれも気持ちがぐらついた。だがすぐに宝のことを思って、心を鬼にする。男が前を駆け抜けようとしたところを見すまして、手にした銃をつきだす。男は撃たれた兎よろしく、二度もんどりうってころがる。それでもまだ起きあがろうとするところへ、追いついてきたシークが躍りかかり、二度くりかえして脇腹にナイフを突きたてる。男はうんともすんとも言わず、痙攣《けいれん》ひとつするでなく、そのまま倒れて息絶える。ころんだはずみに、首の骨でも折ったんだと思う。ねえ旦那がた、おれは約束どおり、自分の不利になろうがなるまいが、一言一句、あったことをありのままにしゃべろうとしてるんですぜ。それをわかってほしいもんだな」

ここまで語りおえると、スモールは手錠のかかった手を、ホームズの用意してやったウイスキーソーダへとのばした。私はといえば、白状するが、目の前のその男にたいして、言いようのないおぞましさを感じはじめていた。彼のかかわった冷血な殺しについて、だけでなく、むしろそれ以上に、それを語る彼のこともなげな、軽薄とも思える語り口にたいしてだ。この先どのような刑罰がこの男を待っているにせよ、私からの同情はまず期待できぬだろう。いっぽう、シャーロック・ホームズとジョーンズは、話のあいだ、膝に手を置いてじっと聞き入っていたが、そのふたりの面《おもて》にも、おなじ嫌悪の色がありありと見てとれた。スモールにもおそらくそれは伝わったのだろう。というのも、ふたたび口をひらいたとき、その声音にも、また態度にも、なにがしか、いどむような気配がうかがわれたからだ。

「そりゃね、どこからどう見ても悪いことにゃちげえねえや。だがよ、あのときのおれとおなじ立場に立たされた場合、宝の分け前を断わりきれる人間がはたしてどれだけいるものか、なんなら訊いてみてえもんだ——断われば、その場で喉をかっきられるとわかってるんだぜ。おまけに、いったんそいつを営内に入れちまった以上、あとは食うか食われるか。万一逃げられて、そいつが外に出ちまったら、たちまち事が露顕して、おれは軍法会議にかけられ、おそらくは銃殺ってことになるだろう。そのころは、だれもが殺気だってて、寛容の気持ちなんてものは、薬にしたくもなかったからね」

「話をつづけたまえ」ホームズがそっけなくうながした。

「いいでしょう。でまあおれたち——アブドゥラー、アクバル、それにおれ——三人が力を合わせて、死体を要塞の奥に運んだ。いやまあ、ちっこい体なのに、その重かったのなんの。モハメッド・シンだけはその場に残って、営門の見張りをつづけた。シークたちが前もってそのための場所を用意してたので、死体はそこへ運んでいった。門からはちょっと距離があって、曲がりくねった通路が、がらんとしたばかでかい広間に通じてる。広間の壁はあらかたくずれて、割れた煉瓦が床に散乱してるんだが、その床に一カ所、大きく土がえぐれてるところがあって、天然の墓穴になってる。そこへアーフメットを入れて、ひとまず割れた煉瓦のかけらで穴をふさいだ。そこまですませたところで、三人そろって宝の箱のところへひきかえした。

箱は、はじめ攻撃を受けたときにアーフメットがとりおとした、そのままの場所にころがってた。それがつまり、いまそのテーブルに蓋をあけて置いてある、その箱ってわけだ。キーは蓋の、その彫刻のある把《と》っ手《て》、そこに絹の紐で結びつけてあった。蓋をあけると、角灯の光に照らしだされたのが、世にもまれなすばらしい宝石のコレクション。パーショーにいた子供のころ、おれが本で読んだり、夢見たりしてた、おびただしい財宝の山だ。見てるだけで目がくらみそうだったね。各自がぞんぶんに目の保養をしたところで、いよいよ箱から全体をとりだし、目録をつくった。まずは第一級のダイヤモンドが百四十三個——なかにはたしか、〈ムガール皇帝〉とか呼ばれて、現存するなかでは世界で二番めに大きな石だと言われてるのもあったはずだ。ほかに、極上のエメラルドが九十七個。ルビーも百七十個あったが、これにはだいぶ小粒なのもまじってた。ほかには柘榴石《ざくろいし》が四十個、サファイア二百十個、瑪瑙《めのう》六十一個。それから緑柱石だの、縞瑪瑙《しまめのう》だの、猫目石だの、トルコ玉だの、いまでこそなじみになったが、当時は名さえ知らなかった宝石、貴石がどっさり。それだけじゃない、真珠もとびきり上等のが三百個近く、そのうち十二個は、金の宝冠にはめこんであった(7)。ついでだけど、この真珠十二個だけは、おれが箱をとりかえしたときには、そのなかに見あたらなかった。

宝をすっかり数えてしまうと、あらためてぜんぶをその箱にもどし、営門に持っていって、モハメッド・シンのやつにも見せてやった。それからもう一度、厳粛におたがい同士に誓いをたてなおし、なにがあってもこの秘密を守り抜くことを約束した。さしあたりこれをどこか安全な場所に隠し、国じゅうの騒ぎが落ち着いたら、とりだして分配する、という案にも同意した。いますぐは、それを分けたってなんにもならねえ。万一、これだけ値打ちものの宝石を所持してるのが見つかれば、よけいな疑いを招くだけのことだし、だいいち、要塞のなかには、プライバシーを保てるような場所もなし、そんなものを隠しておけるはずもねえんだ。てなわけで、もう一度それを持って帰って、アーフメットの死体を埋葬したのとおなじ広間に運びこむと、なかではいちばんこわれかたのすくない壁面から煉瓦を何個か抜きとり、その跡にちょっとした穴をくりぬいて、そこに宝を入れた。その位置は慎重に控えておいて、翌日おれが四人分として四枚の見取り図をつくり、下に四人の合い印を書きこんで、めいめい一枚ずつ分けあった。つまり、今後も四人はどんな場合も、共同の利益のために共同歩調をとり、抜け駆けはけっしてしねえと約束しあったわけだ。その約束、おれはこうして胸に手をあてて誓うけど、いままで一度だって破ったことはねえ。

　さて、いまさらおれが旦那がたにむかって、インドでの反乱がどうなったかなんて、話すまでもねえでしょう。ウィルスン[8]がデリーを占領し、サー・コリン[9]がラクナウを解放してからは、反乱も腰砕けになっちまった。新手の英軍がつぎつぎになだれこむ。ナーナー・サーヒブ[10]は命からがら国外に脱出。グレートヘッド大佐[11]の率いる遊撃隊がアグラまで到達して、あっというまに叛徒どもを街から追っぱらう。このようすだと、国じゅうにどうにか平和がもどってきそうな気配なんで、おれたちも、遠からず例の略奪品をかかえて、無事にここから出ていけるんじゃねえか、ってな望みを持ちはじめた。その矢先だった——あわよくば、なんてそんな期待が木っ端微塵になっちまったのは。なんと、おれたち全員がアーフメット殺しの嫌疑でお縄になっちまったんだ。

　それはこういうわけです。藩王がアーフメットに宝石を託したのは、アーフメットが信頼できる男とわかっていたからだ。ただあいにく、東洋の人間ってのは、とかく疑いぶかい。で、この藩王がなにをやったかっていうと、アーフメットよりも、さらに一段と信頼の深い家来を選んで、これにアーフメットの監視役を命じた。この二人めの使いは、なにがあろうとぜったいにアーフメットから目を離すなと言いつけられていて、以来ずっと影のようにアーフメットのあとをつけてきた。あの夜、そいつはアーフメットを追って要塞までき、アーフメットが営門をはいっていくのを見た。当然そいつはアーフメットが、避難民として要塞に収容されたと思いこむ。で、翌日、自分も願いでて、要塞に入れてもらったんだが、アーフメットはどこにもいない。すこぶる妙に感じたので、そのことを警備隊の軍曹に打ち明けた。するとそれが軍曹を通じて要塞司令官にまで伝わって、さっそく徹底的な捜索が命じられ、死体が発見された。とまあこういう次第で、こっちがもうすっかり安心だと気を許したそのとたんに、四人そろって挙げられて、軍法会議にかけられたわけだ。四人のうちおれたち三人は、その夜、問題の営門を警備してたという事実があるし、四人めは、殺された男とずっと行動をともにしてたのを見られてる。ただし、宝石のことは、裁判の場ではいっさい出なかった――っていうのも、当の藩王は退位させられて、国外追放の身になってたし、ほかに宝石の行方に関心を持つものは、だれもいなかったからだ。とはいえ、殺人のあったのははっきりしてるんだし、おれたち四人がかかわってるってのも、これまた確実。てなわけで、三人のシークは終身禁固刑、おれひとりが死刑を宣告されたんだが、その後にほかの三人とおなじ終身刑に減刑された。

刑に服してからは、おれたちの立場ほど妙なものはねえ、とつくづく思ったね。おたがい脚を鎖でつながれて、いずれ娑婆《しゃば》へ出られるという見込みもほとんどねえ。それでいて、四人が四人、でけえ秘密を胸にかかえてて、その秘密ってのは、かりにそれを有効に使うことさえできれば、めいめい豪勢な御殿に住んで、大名暮らしも夢じゃねえというしろものだ。〝断腸の思い〟とかってよく言うけど、これこそまさにそれだったね――だってよ、娑婆に出られさえすれば、莫大な財宝が待ってる身分だってのに、なんの因果で木っ端役人どもからしょっちゅう殴られたり、蹴とばされたり、口にはいるものといったら米と水ばかり、そんな毎日から抜けだせねえものやら。ひょっとしたら、おれだって気がへんになってたかもしれん。けどおれ、これでも生まれつきけっこうしぶといほうだからよ、堪えに堪えて、いつか見てろよとひそかに時節を待ってたってわけだ。

やがてその時節がついにやってきた。やってきたと思えた。そのころにはおれ、アグラからマドラスに移され、そこからまたアンダマン諸島のうちのブレア島へと移されてたんだが、ここの収容所には、白人の流刑囚は数えるほどしかいなくて、そのなかで最初から模範囚としてふるまってたおれは、いくらもたたないうちに、一種の特別扱いを受けるようになった。ホープ・タウンといって、ハリエット山の中腹に小さな開拓地があるんだが、そこに小屋をひとつ与えられて、大なり小なり自由な暮らしができるようになったわけだ。といっても、もともと熱病のはびこる寂しい土地柄、しかも、ちっぽけな開拓地から一歩でも出れば、まわりにゃ食人種がうようよしてる——隙さえあれば、こっちに毒矢を吹きかけようと狙ってるってえやからだ。で、そこでなにをやらされてたかといえば、土地を掘りかえしたり、溝をつくったり、ヤム芋を植えたり。ほかにも仕事は山ほどあって、一日じゅう休む暇もねえ。それでも夜にはいくらか時間ができて、そのあいだは好きなことがやれる。おれもいろいろやったなかで、まずは軍医の助手を務めて、薬を調合することを覚えたり、医学もちょっぴりかじったりした。そのあいだもずっと、島から脱走する機会を狙ってはいたんだが、なんせここはほかのどんな土地からも何百マイルも離れてる孤島だし、おまけにあのへんの海といったら、ほとんど無風だから、島から脱出するのは、おそろしくむずかしい。

軍医のドクター・サマトンというのは、若くて、遊び好きなひとでね。夜ともなると、ほかの将校が何人も部屋に集まってきて、カード遊びにふけってた。おれがいつも調剤をやってた薬局ってのは、このドクターの居室の隣りにあって、あいだに小窓がひとつある。手持ち無沙汰になると、おれはよく薬局の明かりを消して、この小窓のそばにいることがあった。そうすると、カード遊びの連中の話し声とか、勝負のようすが見聞きできる。おれもカードは嫌いじゃねえし、そうやってただ見てるのも、自分でやるのに劣らずおもしれえもんだ。いつも集まるのは、ショルトー少佐に、モースタン大尉、ブロムリー・ブラウン中尉といった現地兵部隊の指揮官のほか、あるじの軍医と、監獄の事務官も二、三人。これがまた、そろって抜け目のない、老獪《ろうかい》な遊び手で、いつだってみごとな、ぬけぬけとした、安全第一の手を使う。いやもう、〝おなじ穴の狢《むじな》〟というか、じつに和気《わき》藹々《あいあい》とした、楽しい集まりだったね、あれは。

で、見てるうちにすぐにわかってきたのは、この勝負、負けるのはきまって軍人たちで、勝つのはきまって文官のほうだってことだった。いや、べつにいかさまを使ってたってわけじゃねえ、とにかくそういうふうだったというだけ。この役人たち、アンダマン島に赴任してきてからってもの、カードをやるくれえしかやることがねえ。だから、おたがい手のうちは知りつくしちまってるのにたいし、軍人のほうは、たんに暇つぶしにやってるだけで、やりかたも行きあたりばったり。くる夜もくる夜も軍人たちはむしられっぱなし、そしてむしられればむしられるほど、勝負にのめりこむ。なかでもいちばん負けのひどかったのが、ご存じショルトー少佐。はじめは札だの金貨だので負け金を支払ってたが、そのうちそれが約束手形になり、金額もどんどんふくらんでいく。ごくたまに勝つこともあって、それでいくらか気をとりなおす

もの の、すぐにまたつきが去って、前以上に負けが込む。一日じゅう、おっそろしく不機嫌な顔でうろうろして、酒も体にさわるほど飲むようになった。

ある夜、少佐はまた負けた。それまでにもなかったほどの巨額の負けだ。おれが自分の小屋にいると、通りかかったのが、ふらふらしながら宿舎に帰る途中の少佐とモースタン大尉だ。このふたり、長年の刎頸《ふんけい》の友ってやつで、かたときたりと離れたことがねえ。少佐はその晩の負けについて、しきりにぼやいてた。

『なあモースタン、おれはもうだめだ』おれの小屋の前を通りながら、そう言ってるのが聞こえた。『辞表を出さねばならんだろう。破産者だからな、もうおしまいさ』

『ばかを言いたまえ！』相手が少佐の肩をぽんとたたいて言う。『それを言うなら、わたしだって、ずいぶん厄介な目にあってきたものだ。とはいえ――』あとは聞こえなくなった。だがそれだけで、おれを考えこませるきっかけにはなったよ。

二日後、ショルトー少佐がひとりで海岸をぶらついてるのを見つけた。そこで、この機会をのがさず、近づいていって、声をかけた――

『少佐殿、ちょっとご相談があるのですが』

『おう、スモールか。なんだね、相談とは』少佐はそう言って、くわえていた両切り葉巻を口からとった。

『前から一度うかがいたかったんですが』おれはつづけた。『かりに隠匿された財宝を見つけた場合、だれをその正当な持ち主と見なして、引き渡すべきでしょうか。たまたまわたし、およそ五十万ポンドの財宝の隠し場所を知ってるんですが、あいにく自分では使うことができない。それで、このさいいちばんいいのは、どこか然るべき筋にそっくり引き渡すことじゃないか、と。そうすればひょっとして、そのぶん刑期を短縮してもらえるかもしれないですし』

『五十万ポンドだと？　おいスモール、確かなのか？』少佐は息をのんだ。おれが本気なのかどうかと、鋭い目で見据えてくる。

『確かですとも、少佐殿――宝石類と真珠で五十万。それがいまもその場所にあって、だれでも手にすることができるんです。ただね、妙な話ですが、真の持ち主はこうして法外追放の身となって、自分ではそれを手に入れることができねえ。したがってそれは、最初にやってきただれかのもの、ということになるわけです』

『引き渡すとすれば、当然、政府だろうな』少佐はもごもごと言った。『政府のものだよ、それは』だがそう言う口調がいかにも歯切れが悪いんで、しめた、餌に食いついたぞ、とおれは見てとった。

『そうなりますと、少佐殿、わたしから総督閣下にその旨、申しでるべきだ、そうおっしゃいますので？』おれは声をひそめて言ってやった。

『いや、待て、待て、早まるな。さもないと、あとで悔やむことになるぞ。まずこのおれにすっかり話してみんか。詳しい事情をそっくり話すんだ』

おれは話して聞かせたが、それでもところどころ細かい点を変えて、肝心の宝のありかが少佐には知れないようにした。すっかり聞きおえたあと、少佐はしばらくじっと考えこんだきり、その場から動かなかったが、口のはたがぴくぴくしてるところから、内心で迷いと闘ってるのはわかった。

だいぶたってから、少佐はやっと口をひらいた。『これは容易ならんことだぞ、スモール。おまえは当面、だれにもこのことはもらさんように。近いうちに、おれのほうから善後策を相談しにいこう』

二日後の晩、真夜中に、少佐は友達のモースタン大尉ともども、角灯を手に、おれの小屋へやってきた。

『スモール、この前の話だが、あれをおまえの口からじかにこのモースタン大尉にも聞かせてやってくれんか』と言う。

おれはおなじ話をくりかえした。

『どうだ、嘘じゃなさそうだろう？』少佐は言う。『やってみるだけの値打ちはあるんじゃないのか？』

モースタン大尉もうなずいた。

『まあ聞け、スモール』少佐がつづけた。『その話、ここにいる大尉とふたりでじっくり話しあった。その結果、おまえの言うその秘密、どう考えても政府のかかわるべき問題ではなく、おまえひとりの個人的なものであって、それをどう処理するかも、当然、おまえの裁量にまかされるべきだ、との結論に達したわけだ。そこでだ、単刀直入に訊くが、おまえ、その秘密を譲りわたすとしたら、どんな代価を要求する？　われわれとしては、おまえとの折り合いがつきさえすれば、それをこっちでひきとりたい——あるいはすくなくとも、こっちでそれを調べてみたい——と、まあ、こう思っておるわけだ』少佐は努めて落ち着いた口調で、言葉を選んで話そうとしてたが、そのじつ、目はぎらぎら光って、内心の逸《はや》りたつ気持ちと欲深さとが、そのままあらわれてるようだった。

『いや、そういう話ならね、旦那がた』と、おれもやはり冷静に話そうと努めたが、それでも内心では相手に劣らず興奮してたよ。『要は取り引きってことになるんだろうが、取り引きったって、おれみたいな立場にあるものなら、要求できるのはひとつしかないでしょう——旦那がたの力で、おれを自由の身にしてほしいと、これだけですよ。ついでに、ほかの三人の仲間も、ここから出られるように尽力してやってほしい。この条件さえかなえば、おふたりをおれたちの仲間に加えて、二人分として全体の五分の一をさしあげる用意はあります』

『ふん！　分け前は五分の一か！　たいして気乗りのする額じゃないな』少佐は言う。

『それでもひとりあたま五万ポンドにはなりますぜ』言ってやったよ。

『しかしだ、おまえを自由にするというが、どうすればそんなことができるんだ。とても無理だってことぐらい、おまえだって百も承知だろうが』

『いやいや、無理ってことはないです』おれは言いかえした。『これでもじつは細かいところまで、とことん考え抜いてあるんでしてね。おれたちがこの島を脱出するうえでの唯一の障害は、この海を乗りきるだけの船がないことと、長期の航海に堪えるだけの糧食その他の用意が(12)ないこと、これだけなんです。ところが、カルカッタやマラッカへ行けば、ヨットやヨールぐらい、いくらでも手にはいる――おれたちにとっては、それでじゅうぶんだ。そういうのをひとつ手に入れて、ここへ持ってくる。こっちは夜のうちにこっそり乗りこみますから、あとはインドの海岸のどこへでも降ろしてくれれば、それで旦那がたは契約分だけの義務は果たしたことになる』

『うーん、ひとりだけだったらなあ』少佐はうなる。

『四人ぜんぶか、それでだめなら、この話はなしだ』おれもつっぱねる。『誓いをたてた仲ですからね――どんなときにも、四人いっしょに行動するという――』

『聞いたか、モースタン』と、少佐。『これだけ信義に篤《あつ》いやつなんだよ、このスモールは。信用してもよかろうと思うが、どうだ?』

『なにさま汚い仕事なんでねえ』訊かれたほうは口ごもる。『とはいうものの、それだけの金があれば、われわれふたり、将校の地位も体面も失わずにすむかもしれん』

『よし、スモール』少佐が言った。『どうやらおまえの要求どおりにやらねばならんようだ。そこでだ、まずなによりも、おまえの話に信憑性があるかどうか、それを確かめねばならんのは言うまでもない。宝の箱が隠してある場所を教えてくれ。おれが賜暇《しか》をとって、このつぎの月番交替船でインドに渡り、それを調べてくる』

『まあまあ、そうあわてちゃいけませんや』おれは言った。向こうが逸りたてばたつほど、こっちは冷静になった。『それにはまず仲間の三人と相談してみないと。このさい念を押しときますがね、この話はおれたち四人いっしょか、そうでなければ、なかったことにしてもらいますから』

『くだらん！』少佐がおれをさえぎった。『仲間といったって、黒いやつらだろうが。そんな連中がわれわれの盟約となんの関係があるんだ！』

『黒かろうが青かろうが、三人はおれの仲間。どんなときにも行動をともにすると約束した友達なんだ』おれもやりかえす。

まあそんなわけで、つぎの会合で話はまとまった。このときには、モハメッド・シン、アブドゥラー・カーン、ドスト・アクバルの三人も顔をそろえた。あらためてはじめから詳細に話を詰めて、ようやく合意に達した。おれたちはふたりの将校にアグラの旧要塞の見取り図を渡し、それに宝の隠し場所のしるしもつけてやる。ショルトー少佐がインドに渡って、話の真偽を確かめる。宝の箱を見つけても、当面それはそのままにして、小型のヨットを一艘、調達する。航海に堪えられるよう、糧食その他の必需品を積みこみ、こっちへ回送してきて、ラトランド島の沖合に停めておく。そこまではおれたちもなんとか自力でたどりつくし、いっぽう少佐は通常の勤務にもどる。入れかわりにモースタン大尉が賜暇を願いでて、アグラでおれたちと落ちあい、そこで最終的に宝を分配する。大尉は自分の分と、ショルトー少佐の分の分け前を持って帰る、という段どり。まあこういったことを話し合いのすえに取り決めて、六人が六人、考えられるかぎり、口で言いあらわせるかぎりの厳粛な誓いをたて、約定をかわした。その晩、おれは徹夜で紙やインクと格闘して、朝までに将校たちに渡す図面二枚をつくりあげ、おれたちの誓いのしるし、〈四の符牒〉も書き入れた――四とはつまり、アブドゥラー、アクバル、モハメッド、それにおれを加えた四人のことです。

さて、長い話になったから、旦那がたもさぞかしうんざりなさってるだろうし、こっちのジョーンズさんも、早いとこおれを留置場にほうりこんじまいたくて、うずうずしてるようだ。あとはてっとりばやく切りあげますぜ。ショルトーの悪党めは、約束どおりインドへ発《た》っていったが、それきり二度ともどってこなかった。そのあとすぐに、モースタン大尉がある郵便船の乗客名簿に、少佐の名を見つけて、おれにも見せてくれた。なんでも、伯父貴が亡くなって、遺産を相続したとかで、あわただしく軍隊を辞めたというんだが、つまりはまあ、そんなふうに五人の仲間を裏切り、後足で砂をかけるような真似ができるという、そこまで性根の腐った恥知らずな野郎だったってことでさ。それからまもなく、モースタンがアグラへ行ってみたが、案の定、宝はまるごとなくなっていた。あの悪徳漢めがかっさらっていきやがったのさ——しかも、それを条件におれたちが宝の秘密を野郎に譲りわたした、その約定すらひとつとして実行しねえままでだ。その日からってもの、おれはただ復讐のためにだけ生きてきた。昼は昼でそのことを思い暮らし、夜は夜で、その悔しさで胸を焦がしながら眠る。おれにとってそれは、日常のいっさい合財をのみこみ、すべてを圧倒しつくす強烈な怨念となった。もはや法律なんか眼中にねえ——絞首台なんかくそくらえだ。ただただ島を脱出して、ショルトーの野郎を追いつめ、この手で首を絞めてやりたい、その一念だった。〈アグラの財宝〉そのものですら、ショルトーをたたき殺すという執念にくらべれば、おれの心のなかではごくごく些細なものでしかなくなっていった。

ところでおれ、生まれてこのかた、こうと腹を決めたことなら数々あるが、そのひとつとしてやりとげなかった覚えはねえ。それにしても、いよいよ時節が到来するまでのその年月、あれはなんともやりきれねえ、気の遠くなるような毎日だったね。話したと思うが、そのころおれは門前の小僧で、医学をちょっぴり心得るようになってた。ある日、あいにくドクター・サマトンが熱病で寝こんでるとき、流刑囚仲間の一団が、森で拾ったという島生まれの矮人《こびと》を運びこんできた。病気で死にかけてて、自分でもそれをさとって、死ぬためにわざわざ寂しい森の奥まで出かけてったらしい。若くて、毒蛇そこのけに凶暴なやつだったが、手当てをしてやると、二カ月ばかりですっかり回復して、歩けるまでになった。それを恩に感じたのか、そいつ、病気が治ってからも森へ帰ろうとせず、しょっちゅうおれの小屋の周辺をうろうろしてる。こっちがそいつの言葉を多少覚えてからは、ますますおれになついてきた。

このトンガ——ってのがそいつの名だが——これが見かけによらず舟をあやつるのが得意でね、しかも自前のカヌーも持ってる。大型の、内部も広々したやつだ。それを知ったうえ、そいつがおれのためならどんなことでもやる気でいるらしいとわかってくると、これでついに脱走の機会が到来したと勇みたったね。そこでトンガのやつに脱走計画を持ちかけた。やつがある晩そのカヌーを、古い船着き場のひとつ——日ごろ一度だって見張りなんかいたためしのねえ、寂れた場所なんだが——そこまでまわしてきて、おれを拾うという段どりだ。カヌーには前もって瓢簞《ひょうたん》五、六個に真水を詰めたのと、ヤム芋やココナッツ、さつまいもなんかも、どっさり積んでおけと言いつけた。

実際、頼りがいのあるやつだったよ、あのチビのトンガめは。あれほど忠実な友を持つってのの、だれにもまず経験がねえだろうね。指定しておいた晩、やつは約束どおりに船着き場へカヌーを持ってきた。ところが、その晩にかぎって、運悪くそこに獄卒のひとりがいやがったんだ――しかもこれが、なんともたちの悪いパターン族[13]でね、なにかといやあおれを侮辱したり、いじめたりしていやがったやつ。いつかおりを見て、目に物見せてくれるつもりでいたんだが、いまその好機がめぐってきたわけだ。まるで運命がおれに、島を離れる前に負債だけはそっくり清算していけと、そいつを目の前に持ってきてくれたみてえだった。カービン銃を肩にかけて、こっちに背を向けて立っていやがる。石でもないかと見まわしてみたが、やつの脳天をたたき割ってやれそうな武器、あたりにはなにひとつ見あたらねえ。

と、そのとき、天来の妙案が浮かんだ。なんだ、武器ならいつでも手の届くところにあるじゃねえか。おれは闇にまぎれて、その場にしゃがみこむと、この義足をとりはずした。片足跳びで大きく三歩、一気に躍りかかる。やつはあわてて肩のカービン銃をおろしはしたが、そこまでだった。こっちはまっこうからとびかかるなり、頭の前半分が陥没するほどの勢いで、この義足をふりおろしてやった。ほら、そのときできたひびが、まだこの木に残ってまさあ。こっちも一本脚じゃ体の釣り合いがとれねえんで、勢い余っていっしょに倒れこんじまったが、起きあがってみると、向こうは完全にこときれてるとわかった。

それからおれはカヌーのところへ行って、一時間後には、もうずっと沖に出ていた。トンガはカヌーにこの世でありったけの持ち物を、武器も、神様も、なにもかもひっくるめて持ちこ

んできていた。そのなかに、長い竹槍が一本と、島のココ椰子で編んだ茣蓙《ござ》があったんで、そいつを帆に仕立てた。十日間ってもの、ただ運まかせ、風まかせで漂流したあげく、十一日めになって、ようやくある商船に拾われた。マライ人の巡礼団を乗せて、シンガポールからジッダへ向かう途中の船だった。巡礼団の連中、だいぶ変わったやつらだったけど、トンガもおれも、なんとかそのなかに身を落ち着けた。この連中、ひとつ大きな長所があってね、他人のことには構わない、よけいな詮索もいっさいしないという主義なんだ。

いや、まあ、こんな調子でしゃべってたら、おれとあのチビの相棒が体験してきた山あり谷ありの冒険、ぜんぶ語りおえねえうちに夜が明けちまわあ。とにかく、あっちこっちと流れ歩いてきたけど、このロンドンにだけは、そのつどなにかと不都合が起きて、なかなか寄りつけなかった。といっても、そのあいだ、心に誓ったあの目的だけは、けっして見失わなかったよ。夜にはショルトーの野郎を夢に見た。夢のなかで野郎を殺してやったことだって、百回じゃきかねえ。それでもやっとこさ三、四年前になって、おれたちふたり、なんとかイギリスにたどりついた。ショルトーの住まいはなんなく見つかったから、つづいて、野郎がすでに宝石を現金に換えちまったか、それともまだ手もとに置いてるか、それをつきとめにかかった。そのための協力者として、家のなかのある人物をたらしこみ、親しくなりもした——いや、名前は出しませんぜ、無関係な他人を巻きこみたくはねえからね——で、調べていくと、まもなく、宝石はまだショルトーの手もとにあるとわかった。そこで、いよいよ野郎に近づく手だてを見つけようと、あれこれやってみたんだが、野郎、なかなか抜け目がなくて、プロのボクサーふたりをいつも身近に置いてるし、そのうえにふたりの息子と、キトマトガーまでが身近に詰めていやがる。

　そうこうするうち、ある日、野郎が死にかけてるという知らせが届いた。いまさらそうやすやすとこのおれの手をすりぬけられてたまるか、そんな一念で、屋敷へすっとんでいった。庭先までのりこんで、窓からのぞいてみたところ、野郎が息子ふたりを左右に侍《はべ》らせ、臨終の床にあえいでるのが見える。いっそこのままとびこんでいって、いちかばちか、三人を相手に大立ち回りでも演じようか、などと心を決めかけたおりもおり、野郎のあごががっくり落ちて、ついに息をひきとったとわかった。それでも、その晩のうちに、おれは部屋に忍びこんで、なにか宝のありかをしるした書き付けでも残ってねえかと、そこらじゅうひっかきまわしてはみたものの、そんなものは影も形もねえ。ひどい敗北感に打ちのめされて、いまさらのように死んだ男への怨念を新たにしながら引き揚げてきたわけだが、立ち去りぎわにふと思いついて、書き置きを残した——かりに将来いつか、シークの仲間たちと再会することがあったとして、こうやっておれたちの憎しみをはっきり示しておけば、連中もきっと満足してくれるんじゃねえか。そこで、前に図面に記入したのとおなじ、おれたちの〈四の符牒〉を紙切れに走り書きして、それをピンで野郎の胸に留めつけた。だってそうでしょうが——野郎になにもかもかっさらわれ、虚仮《こけ》にされたこの恨み、そのしるしのひとつも残さずに野郎を墓場へ送ってやったんじゃ、仲間はみんな泣いても泣ききれねえや。

　そのころ、おれたち——トンガとおれ——が、どうやって身過ぎ世過ぎをしてたかってことを話しましょう。かわいそうなトンガのやつを、祭りだの、市《いち》だのといったところに連れてっては、見世物にするんだ。やつは食人種として生の肉を食ってみせたり、部族の出陣の踊り、なんてのを踊ってみせたりする。一日やると、驚くなかれ、帽子いっぱい小銭が集まる。〈ポンディシェリ・ロッジ〉の動静については、その後も逐一知らせてもらってたけど、息子ふたりがさかんに宝探しをやってるってこと以外、これという情報はなかった。それがやっとここへきて、長年待ちに待ったニュースがとびこんできたわけだ。宝が発見されたという。家のてっぺんの、バーソロミュー・ショルトーさんの化学実験室にあったとかで、さっそくその場所を見に出かけたが、おれのこの義足じゃ、とてもそこまではのぼれそうもない。ただ、屋根に天窓があるのはわかったし、ショルトーさんが階下まで夕食をとりにいく時間もつきとめた。トンガを使えば、なんとかなりそうだ。そこで、腰に長いロープを巻きつけたトンガを連れてった。あいつ、まるで猫みたいに身軽にのぼってって、やがて天窓からなかにはいった。ところが、運の悪いときにはしかたのないもので、その日にかぎって、バーソロミュー・ショルトーさんがまだ部屋にいた。それが命とりだった。トンガめ、あのひとを血祭りにあげて、なにか大手柄でもたてたみたいな気分だったらしい。おれがロープづたいによじのぼってってみると、意気揚々と、孔雀《くじゃく》そこのけにそっくりかえって歩きまわっていやがる。腹に据えかねたから、この性悪め、残忍な小鬼めと罵って、ロープの端でぴしぴしひっぱたいてやると、そりゃもうびっくりしていやがったもんだ。さりとて、いまさらどうにもならねえんで、おれはとりあえず宝の箱を地上におろすと、つぎに〈四の符牒〉をテーブルに残して、これでようやく宝が本来の正当な持ち主にもどったんだってことを明らかにし、そのうえで自分もロープを伝ってすべりおりた。トンガがそのあとでロープをひきあげ、窓もしめて、自分ははいったときと同様、天窓経由で屋根づたいに出た。

さて、これでいよいよ話は総仕舞いってところかな。ある船頭から、スミスのところの〈オーロラ〉号ってのが、えらくスピードの出るランチだと聞かされてたんで、逃げるのにはこれがうってつけの〝足〟になってくれると狙いをつけた。スミスの親父とわたりをつけて、おれたちをすでに予約してある外航客船まで無事に送り届けてくれれば、たんまり謝礼ははずむと持ちかけた。やっこさんも、さだめしなにか裏があると察しはつけたろうが、宝の秘密はもちろん、それ以上のことは、なにひとつ知っちゃいねえ。

ねえ、いいですかい、旦那がた、これ、ぜんぶがぜんぶ、ほんとうのことですぜ。それをこうして洗いざらい打ち明けるっていうのも、なにも旦那がたに楽しんでもらおうってわけじゃねえ――だって旦那がたにゃ、べつだんいい目を見させてもらったわけでもなし、そんな義理はねえんだから。それをしゃべるってのも、自分の身のあかしをたてるには、なにもかも包み隠しなくぶちまけるのがいちばんだし、なにより、おれがショルトー少佐にどれだけ煮え湯を飲まされたかってことと、少佐の息子が死んだについちゃ、おれにはなにひとつ責任なんかねえってこと、これを世間に広く知ってもらうのが肝心だと思うからなんだ」

「なるほど、めったに聞けない興味ぶかい話だった」と、シャーロック・ホームズが口を切った。「事件そのものも興味ぶかかったが、幕切れもそれにふさわしい。話の後半には、ぼくにとってとくに耳新しい点はなかったが、ただひとつ、ロープはきみが自分で持ちこんだという事実、それだけはわからなかった。それともうひとつ、トンガは吹き矢をぜんぶ落としていったと思ってたんだが、あにはからんや、船の上で一本、われわれにむけて放ってきたのがあったな?」

「いや、ぜんぶ落としたことは落としたんだが、そのとき吹き矢筒にはいってたのが一本、残ってたのさ」

「ああ、そうか。そこまでは気がつかなかった」ホームズは言った。

「まだほかにも訊いておきたいこと、ありますかね?」捕らえられた男は愛想よく言う。

「そうだな、いや、ないようだ」わが同居人はそう答えた。

「ではホームズさん」ここでアセルニー・ジョーンズがのりだしてきた。「あなたは立ててあげるべきおひとだし、犯罪についても一家言お持ちだということは承知してます。ですが、職務は職務ですし、もうここまでで、あなたやこちらのご友人には、じゅうぶんすぎるくらいに便宜をはかってさしあげた。わたしとしても、この講釈師野郎を無事に鍵のかかるところにとじこめてしまって、はじめて安心できるってもんです。さっきの辻馬車はまだ待ってくれてるし、階下には巡査もふたり待機してます。おふたりとも、このたびはお力添え、まことにありがとうございました。いずれ裁判となれば、またご足労願うことになると思いますがね。では、おやすみなさい」

「じゃあな、そっちのおふたりさんも、失礼しますぜ」ジョナサン・スモールが言った。

T. H. TOWNSEND 1903

部屋を出しなに、ジョーンズが警戒して、言った。「スモール、おまえが先に出ろ。アンダマンの島でおまえがやったとかいうように、その木の脚で脳天をぶったたかれちゃ、事だからな」

部屋に残った私たちふたりは、しばらく無言で煙草をふかすだけだったが、ややあって、私が口をひらいた。「まあともかくも、このささやかなドラマにも幕がおりたというわけだ。ただ、残念だが、きみの身近で捜査のやりかたを学ばせてもらうというのも、これが最後になりそうだよ。うれしいことに、モースタン嬢がぼくとの結婚を承諾してくれたんだ」

ホームズは、いかにも憂鬱そうに鼻を鳴らした。

「そんなことじゃないかと予想してたよ。だが、本心からおめでとうを言うわけにはいかないな」

私はいくぶん鼻白んだ。

「すると、ぼくの選択に不満だという理由でもあるのかね？」

「いや、とんでもない。あのお嬢さんは、ぼくの出あったなかでもとびきり魅力的な女性のひとりだし、いままでわれわれのやってきたような仕事には、ずいぶん役に立ってくれるはずだとも思うよ。実際、そっちのほうに天賦《てんぷ》の才があると言っていい――父親の遺した書類のなかから、例のアグラの要塞の見取り図を保存しておいたというだけでも、それが知れる。しかしだ、恋愛というのは情緒的なものであり、おしなべて情緒的なものというのは、ぼくがなにより重きを置く、純正かつ冷徹な理性とは相容れない。だからぼくは、自分の判断力を狂わせないためにも、生涯、結婚なんかしないつもりでいるのさ」

「お言葉だが」私は笑いながら応酬した。「かく言うぼくの判断力は、そういう試練にもりっぱに堪えられると、そう自分では確信してるんだ。それはそうときみ、ずいぶん疲れてるように見えるぞ」

「ああ、早くも反動がやってきたのさ。これから一週間ばかりは、ぼろ切れみたいにぐったりしたままだろう」

「不思議なものだな」私は言った。「きみの場合、かりにほかの人間だったら、たんなる怠惰としか呼べないような状態と、もうひとつ、きみのあのすばらしい活動力と精力との突発的な発露と、このふたつが順ぐりにあらわれるんだから」

「そうなんだ」ホームズも相槌を打つ。「ぼくのなかには、生まれつきそういう二面性があるのさ——とびきりの怠け者の血と、逆にけっこう活動的な男の血と、そのふたつが同居してるってわけだ。それで思いだすのは、かの大詩人ゲーテの詩の一節だよ——


ああ惜しむべし、自然がおまえをただひとりの人間にしか造らざりしを。

偉人にも悪人にもなりうる素質ありしものを[14]。


ところで、ノーウッドの事件のことだが、やはりぼくのにらんだとおり、スモールたちは家のなかに内通者をこしらえていた。その人物とは、ほかでもない、執事のラル・ラオだろう。

してみれば、ジョーンズのせんせいも、思いきり網を張りひろげて、雑魚一匹を捕らえたという意味では、じゅうぶん手柄を独り占めにできるということになる」

「しかし、それじゃあまりにも不公平じゃないか」私は言った。「実際、今度の事件が解決にいたったのは、万事、きみの働きによるものなんだからね。ぼくはおかげで妻を得たし、ジョーンズはジョーンズなりに名誉を得た。きみにはいったいなにが残るというんだ」

「ぼくか？　ぼくにはこれがある。このとおり、いつに変わらぬコカインの瓶だよ」そう言ってシャーロック・ホームズは、長く白い手をその瓶のほうへとのばしたのだった。

(1) 直立歩調訓練《グースステップ》は、膝を曲げずに脚を高くあげて、勢いよく歩く行進用の歩行訓練。また、片脚で立ったまま、あげた脚を前後にふって、それで歩調をとる歩きかたをも言う。
(2) 苦力《クーリー》は、かつて中国やインドなどから連れてこられた未熟練下級労働者をさしたが、のちに一般化して、広く低賃金の労働者をさすようになった。
(3) 〈セポイの反乱〉は、一八五七年から五九年にかけて、インドの農民・兵士が起こした反英蜂起。この結果、それまでの東インド会社に代わって、英国政府が直接インドを統治するようになった。この物語ちゅう、〈会社〉とあるのは、この東インド会社のこと。
(4) ムットラは、現在のマトゥラー。ヒンドゥー教のクリシュナ神の生地とされ、同教徒の聖地となっている。
(5) 〈チリアンワーラーの乱〉は、一八四一年一月十三日に起きた反英闘争。これを制圧したことにより、パンジャブ地方における英国の支配権が動かぬものとなった。

(6) モイドール金貨は、ポルトガルおよびブラジルの古い金貨。インドでも通用していた。
(7) 第四章五十一頁以下の、〝真珠で飾ったロザリオ〟とは矛盾する叙述。
(8) 〈セポイの反乱〉時の英国軍指揮官。アーチデール・ウィルスン准将(一八〇三—七四)。
(9) これも〈セポイの反乱〉時の英国軍指揮官。サー・コリン・キャンベル(一七九二—一八六三)。
(10) ナーナー・サーヒブ(一八二〇?—五九?)は、〈セポイの反乱〉におけるインドの指導者。コーンポールで民衆を指揮した。
(11) 〈セポイの反乱〉時の英国軍指揮官のひとり。ウィリアム・ウィルバーフォース・ハリス・グレートヘッド大佐(一八二六—七八)。
(12) ヨールは二本マストの小型帆船。また小型漁船をも言う。
(13) パターン族は、アフガニスタン南東部、パキスタン北西部に住む種族で、パシュート語を話す。
(14) ゲーテの詩とホームズは言っているが、この一節は一七九六年、ゲーテが若きシラーと合作した『クセーニエン』ちゅうのもの。原文はドイツ語で、つぎのとおり—— Schade das die Natur nur einen Mensch aus dir schuf, Denn zum würdigen Mann war und zum Schelmen der Stoff.

解題

戸川安宣

本書『四人の署名』は、一八九〇年、フィラデルフィアのJ・B・リピンコット社が発行する〈リピンコッツ・マンスリー・マガジン〉（以下、リピンコット誌とする）二月号にThe Sign of the Fourのタイトルで一挙掲載された。『緋色の研究』につづくホームズ譚の第二作である。同誌はイギリスではウォード・ロック社から刊行されていて、そのイギリス版は一シリング、アメリカ版は二十五セントだった。

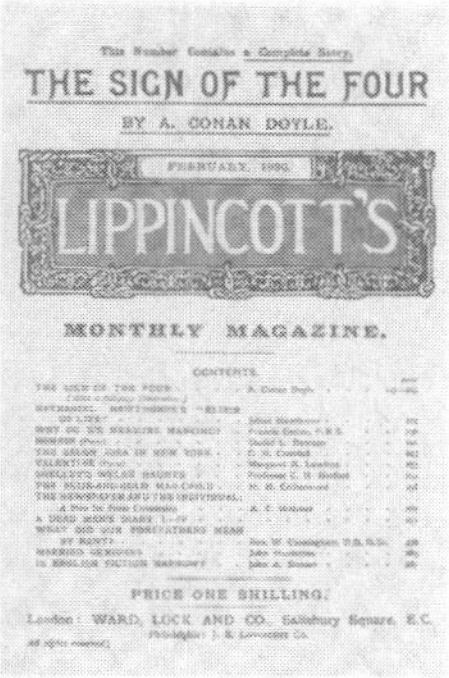

『四人の署名』が掲載されたリピンコット誌1890年2月号（イギリス版）

H・Dという署名のイラスト入り。その後、同年五月十七日から七月五日まで、週刊の〈ブリストル・オブザーヴァー〉にThe Sign of Four のタイトルで連載された（Rの署名のイラスト入り）のをはじめ、七月五日から八月三十日までやはり週刊の〈ハンプシャ

スペンサー・ブラケット社版の初版『四人の署名』に一葉だけ付されたチャールズ・カーの口絵。ホームズが口髭を生やしていることに注目。

ー・テレグラフ&サセックス・クロニクル〉に、八月二日から九月二十日までは〈バーミンガム・ウィークリー・マーキュリー〉にそれぞれ連載された後、この年の十月、ロンドンのスペンサー・ブラケット社からチャールズ・カーの口絵を付して上《じょう》梓《し》された。このときのタイトルは*The Sign of Four*だった。価格は三シリング六ペンス。これが本書の単行本としての初版ということになる。因《ちな》みにアメリカ版の初版は一八九一年の三月、P・F・コリアー社から刊行されている。こちらの価格は二十五セントだった。

一八八九年の夏、ドイルはリピンコット誌をイギリスで出してくれる出版社を探し、あわせてイギリスの書き手ともコンタクトをとるという仕事のため来英していた同誌のエイジェント、J・M・ストダートから会いたいという連絡を受け、「言うまでもなく、わたしは一日医院を休ませてもらって、約束の場に嬉々として赴いた」と『わが思い出と冒険』に書いている。会合はロンドンのランガム・ホテルで行われた。この『四人の署名』の物語の中で一時帰国したモースタン大尉が投宿し、姿を消したとされるホテルである。行ってみるとストダート以外に二人の人物がいた。国会議員のギルと、作家のオスカー・ワイルドだった。「わたしにとって光り輝く夕べだった。ワイルドは驚いたことに『マイカ・クラーク』を読んでいて、とても気に入ってくれていたから、わたしはなんら疎外感を抱かずにすんだ」とドイルは綴《つづ》っている。以前、ドイルは初めて参加した文壇の集まりで、ひどく場違いな思いを味わった苦い体験があったからである。けっきょくふたりは、執筆を約した。それがドイルの The Sign of the Four とワイルドの The Picture of Dorian Gray だった。ドイルとワイルドは、手紙でたがいの作品を称賛した。特に『ドリアン・グレイの肖像』は、世間から不道徳との謗《そし》りを受けていたこともあって、ワイルドはドイルの賛辞が心底嬉しいようだった。ふたりは直接には生涯に二度しか相まみえることはなかったようだが、その交友は英国文壇史に書き記す価値のあるものだろう。

それはさておき、ストダートはこの会合のあと、ただちに執筆依頼を送ってよこす。一八八九年八月三十日付けの書簡には、少なくとも四万語の小説に対し、百ポンド支払うので、それと引き換えにアメリカに於けるすべての出版権と、イギリスで三か月間、リピンコット誌が独占掲載する権利を要求していた。そして遅くも来年の一月までに完成稿を送って欲しいとあった。

前作『緋色の研究』を二十五ポンドでウォード・ロック社に買い取られたドイルにとって、これは願ってもない申し入れだった。九月三日には返事を出して、「趣《おもむき》のあるタイトルがご希望のようですから、The Sign of the Six あるいは The Problem of the Sholtos とし、『緋色の研究』のシャーロック・ホームズにもう一度謎を解明させるつもりです」と書き送った。

(Richard Lancelyn Green & John Michael Gibson, *A Bibliography of A. Conan Doyle*, Oxford University Press, 1983 による)

ドイルはさっそく執筆にとりかかり、十月の初めには書き上げた。タイトルをどうするかは、最終的にストダートに任せる、とドイルは書いたが、原稿には The Sign of Four とあったという。

『四人の署名』が雑誌に掲載されると、それなりの反響があった。特にドイルを喜ばせたのは、フィラデルフィアの煙草業者から、この作品の中で紹介されている、百四十種の葉巻や煙草を列挙して灰のちがいを色刷り図版で例示したというホームズの論文をぜひ読んでみたい、という手紙を受けとったことだった。この頃から、ホームズを実在の人物と考える読者が存在したのだ。

ホームズ譚が〈ストランド・マガジン〉に連載され、人気を博するようになると、ジョージ・ニューンズは『四人の署名』に目を付けて権利を取得し、一八九二年の十月に自社から上梓した。初めは地味だった売れ行きも、短編の人気が高まるにつれて急上昇し、『シャーロック・ホームズの冒険』の単行本発売に次いで十二月三日に出された再版は、一週間で三千部近く売れた。そして翌年十月、今度は『回想のシャーロック・ホームズ』の刊行に先立って第三版が出、年末には一万八千部を売り上げていたという。のちの廉価版、ニューンズ・ペニー・ライブラリ版は五万部を刷り、ドイルの著作の中で一番の稼ぎ頭《がしら》となった。

本書は開巻一番、ホームズがコカインの七パーセント溶液の皮下注射を射つショッキングなシーンから始まり、「ぼくにはこれがある。このとおり、いつに変わらぬコカインの瓶だよ」と言って、長く白い手をその瓶のほうへとのばすシーンで終わる。このコカインの「七パーセント溶液」は、ホームズの代名詞にもなっていて、映画化もされヒットしたホームズ・パスティーシュの佳作、ニコラス・メイヤーの『シャーロック・ホームズ氏の素敵な冒険』（一九七四）の原題がこの *The Seven-Per-Cent Solution* なのである。

　医者として友人として、ホームズのコカイン愛好に異を唱えるワトスンに対し、ホームズは反論する。「ぼくの精神はね、停滞を嫌うのさ。（中略）なんの刺激もなく、毎日をだらだらと無為に過ごすのなんて、反吐《へど》が出る」と。「黄色い顔」（『回想のシャーロック・ホームズ』所収）になると、「ときおりコカインをやるものの、ほかにはこれという悪習もなく、そのコカインにしても、依頼される事件がすくなく、新聞にも興味ある事件が見あたらないようなとき、日常の退屈をまぎらすために用いるだけなのだ」と、ホームズの悪癖に慣れてきたのか、ワトスンの筆鋒《ひっぽう》も鈍りがちだ。

ニコラス・メイヤー『シャーロック・ホームズ氏の素敵な冒険』（1974）

　ホームズは刺激を求めて、無為な日常から脱するために、「こういう特殊な職業を選んだ、というか、より正確には、創造した」と語る。それが「私立探偵コンサルタント」――「探偵という世界での、最終かつ最高の上訴裁判所」なのだった。そして、「純粋にその仕事そのもの、ぼくの独特の能力を発揮できる舞台を見いだす喜び、それだけがぼくにとってのこのうえない報酬」だと言い切る。だから、「けっして名利《みょうり》はもとめない」というわけだ。「結果から原因にさかのぼる」のが、「ぼく独自の分析的推理」で、「ぼくはけっして当て推量はしない。当て推量なんて、とんでもない悪習だよ」と言ってのける。

その「分析的推理」の一例を本書冒頭で、ホームズは開陳してみせる。ワトスンがその朝、ウィグモア街郵便局へ電報を打ちに行ったろう、と指摘する。そして、ウィグモア街郵便局へ行ったというのは観察の結果、そこでワトスンが電報を一本打ったというのは推理だ、というのだ。

①ワトスンの靴の甲に赤みがかった土が少量付着している。今、ウィグモア街郵便局前では道路工事が行われていて、敷石が剝《は》がされ、土が露出している。そこで付けたとみられる赤土は、この近辺ではあの地点にしかないものだ――これが観察。②午前中、ずっと一緒にいて、ワトスンが手紙を書かなかったことを知っている。机の引き出しには切手シートや葉書の束があるから、そういうものを買いに行ったのでもない。となると、郵便局に行く、他にどんな用があるというのだ。「他の要因をすべて排除してしまえば、残ったひとつが真実であるに決まってるのさ」――これが推理。

それを聞いたワトスンは、それならこれはどうだ、と言ってホームズに差し出した懐中時計の、もとの持ち主のことがどの程度わかるのか、と迫るのだ。

その結果、思いもかけずワトスンの家族のことが、ちょっぴり明かされることになる。ワトスンの父親はだいぶ前に亡くなり、ずぼらでうっかりものの兄がいる、という。その兄も、かなり逼迫《ひっぱく》した生活を送る内、酒に溺れて窮死した、というのだが、ここにはドイルの父チャールズがアルコール依存症だったことが影を落としているのではないだろうか。

ワトスンの事件記録としては『緋色の研究』に次ぐ第二作だが、その間にホームズの私立探偵コンサルタントとしての仕事は順調に顧客を増やしていたようで、「近ごろはぼくの仕事もヨーロッパ大陸にまでひろがって」いて、フランスの司法警察のフランソワ・ル・ヴィラールから相談を受け、過去の類似事件について教えてやると、それを参考にして正しい解決にたどりついたという。彼のコンサルタントとしての仕事には、こういう具合に、実際に事件捜査に乗り出すことなく、助言を与えるだけの場合もあるようだ。

そのフランソワ・ル・ヴィラールは、ホームズの著作をフランス語に翻訳しているという。ホームズは論文を何編かものしており、そのひとつが先ほど記した〈各種煙草の灰の見分けかたについて〉である。あるいは、「足跡をたどる技法についての論文」では、「焼き石膏を用いて足跡の型をとる方法」を解説し、「職業が各人の手の形に及ぼす影響を論じた」論文では、「スレート工、水夫、コルク切り職人、植字工、織工、ダイヤモンド研磨工、等々の手を、それぞれ石版刷りで例示してある」という。

しかし、ホームズは頭脳だけを誇る人間ではなかった。元プロボクサーの門番に対し、ホームズが言う。「四年前、アリスンのクラブでひらかれた、おまえの引退記念の義捐《ぎえん》興行のとき、第三ラウンドまでおまえと互角に打ちあったアマチュア、覚えていないかね？」そう訊かれてすぐにホームズのことを思い出した相手は、「プロでやってたら、けっこういいところまで行けたはずなんだが」と評価し、こういう隠れた得意技があることを、ホームズは自慢する。「どうだいワトスン、かりに仕事をぜんぶしくじっても、まだぼくには、こういう専門的技能で身を立てる道が残されてるってわけだ」

「黄色い顔」でワトスンは、こう書いている。「シャーロック・ホームズは、運動のための運動というのはめったにしない男だった。彼ほど身体能力にすぐれている人間はまず見あたらないし、ボクサーとしては、おなじ中量級であれば、彼にかなうものにいまだお目にかかったためしがない」

ホームズ自身も、「〈グロリア・スコット〉号の悲劇」（『回想のシャーロック・ホームズ』所収）の中で、「フェンシングとボクシングを除けば、スポーツにもほとんど関心がなかった」と述懐している。

さてそうなると、「動きのすべてがあまりに機敏で、物静かで、しかも忍びやかなので、かりにこの男がこれだけの精力と知力とを、法の防衛のためではなく、それを破ることに用いていたとしたら、いったいどれだけ端倪《たんげい》すべからざる犯罪者が生まれていたことかと、こちらもついあらぬ想像をめぐらせずにはいられぬほどだ」という懸念も湧こうというものだ。

ホームズが、「近ごろじゃ、犯罪社会の連中がみんなぼくの顔を知るようになってる」と言うのも、ワトスンがその探偵ぶりを記録して発表するからだろうか。そのワトスンの書きぶりに対し、ホームズは批判的だ。「あれはあまり褒められた出来じゃないな。探偵仕事ってのは、一個の厳密な科学であって――またはそうあるべきであって――いつの場合も、冷静かつ感情にとらわれぬ扱いかたをすべきものなんだ。きみはあいにくそれをロマンティシズムで味つけしようとしたものだから、結果はまるでユークリッドの第五定理に、ラブストーリーか駆け落ち話でも持ちこんだみたいな、継《つ》ぎ接《は》ぎ細工になってしまった」

さて、本書ではワトスンの「ラブストーリー」が、サブテーマとなっている。お相手は、本編の事件の依頼人、メアリー・モースタン嬢だ。

「年若だが、良家の出らしい金髪の、小柄で華奢《きやしや》な女性で、手袋をきちんとはめ、身につけているものの趣味も申し分がない。けれども、そうした服装全体に、ごくごく質素で、飾り気のない雰囲気がただよい、あまり暮らし向きに余裕がないことも感じさせる」「ドレスは、地味なグレイがかったベージュ、縁どりとか、組み紐《ブレード》飾りの類《るい》はいっさいなく、頭にのせたおなじ色調の地味なターバン型帽子のサイドに、白い羽根をさしているのが、わずかに全体のいろどりになっているだけだ」「顔だちもとくにととのってはいず、肌も透き通るほどきれいというわけでもないのだが、表情はやさしく、情感にあふれ、しかも大きな青い目が、とびきり生きいきとして、知的な光をたたえている」そしてワトスンは、これまで三つの大陸で見てきた女性の中で、「これほど洗練された、感受性豊かな人柄をはっきりと反映した面《おも》ざしに出あったためしはない」と言い切る。

「なんて魅力的な女性だろう！」溜め息まじりにそう言うワトスンを、「おや、そうかい？気がつかなかったな」と冷たく突き放すホームズ。これに怒ったワトスンは、「機械人形みたいなやつ」「ときとして、おそろしく非人間的なものを感じる」とこき下ろす。

だがホームズは柳に風とばかり、受け流す。「自分の判断力を狂わせないためにも、生涯、結婚なんかしないつもりでいるのさ」と語るホームズにしてみれば、当然の反応だろう。

ひとりになったワトスンの脳裏を独占したのは、「先刻訪れた女性客のことのみ――彼女の笑顔、豊かで深みのある声音、さらには彼女の生涯にたれこめている、あの摩訶不思議《まかふしぎ》な謎。父親が行方不明になったとき、芳紀《ほうき》十七歳であったとしたら、現在は二十と七歳――若さがようやく自意識という刺《とげ》をなくし、経験によってほどよく熟成されてくる年ごろだ。というわけで、私はそこにすわって、夢想にふけり、その夢想はあわや、ある危険な思いを頭のなかに芽吹かせるまでになった」と、ワトスンの筆もいつになく赤裸々だ。

その後も彼女に会うと、「気もそぞろ」になり、すっかり上の空で何を話しているのか覚えていないほどであった。

そして冒険を共にする内に、ふたりのなかには「慰めと庇護をもとめる気持ちが自然にめばえ」手を握り合う仲になる。「愛とはなんと不思議なもの、微妙に働くものだろう」

本編の最後で、モースタン嬢への求愛が受け入れられ、めでたく結婚することになる。そこで、ワトスンはホームズに言う。「残念だが、きみの身近で捜査のやりかたを学ばせてもらうというのも、これが最後になりそうだよ」

ドイルは何度もホームズ譚の打ち切りを仄《ほの》めかすが、これはその控えめにして最初の表明ではないか。

ところで、ワトスンの結婚については、シャーロッキャンの間で論争の種になっている。ワトスンは何度結婚したか、というのだ。これはホームズ譚六十編の中に、ワトスンがホームズとベイカー街で同居している話と、結婚して別に居を構えている物語が混在し、その時期が様々に記されているためで(『回想のシャーロック・ホームズ』の「解題」参照)、二度結婚説から三度、四度……と諸説あり、一部のファンからはワトスンは青髯《あおひげ》か、といった批判も出る始末である。

シャーロッキャンの論争と言えば、ワトスンの古傷も、大きなテーマになっている。

本書では、「古傷のある脚」とあり、「しばらく前にジェザイル弾による貫通銃創を受け、そのせいで、歩くのに不自由するようなことこそないものの、気候の変わり目ごとに、激しい痛みに悩まされる」とある。本文中の註にもあるように、前作『緋色の研究』では、ワトスンがアフガニスタンで負傷したのは肩だった。ワトスンが本当はどこに傷を負ったのか、はシャーロッキャンの重要なテーマのひとつで、肩や脚以外に、ワトスンが結婚して子どもができなかったようなので、生殖器官に傷を負ったのでは、といった穿《うが》った見方さえ出ている。

本書には、宝探しや殺人の謎ばかりでなく、さまざまなマンハント――テムズ河上での船による追いかけっこ、訓練された犬の嗅覚による追跡……と、スリルとサスペンス溢れる大衆小説の様々な要素が盛り込まれていて、後世のミステリに大きな影響を及ぼした作品であることを明記しておきたい。『緋色の研究』に引きつづいて登場するベイカー街少年隊が縦横の活躍を披露するし、「半分スパニエル、半分ラーチャーの血をひく」トービーの能力には目を引かれる。警察犬の必要性をいち早く唱えた作品でもあろう。江戸川乱歩の『人間豹』（一九三五）の中で名探偵・明智小五郎は、犬の鋭い嗅覚を利用して敵を追う。その犬の名前に乱歩が選んだのは――ズバリ、シャーロックであった！（因《ちな》みに乱歩はこの作品で、敵の車の車体の下にクレオソートを入れたブリキ缶を取り付け、その缶の底に小さな穴を開けておき、車の進行と共に地面に滴る黒い糸の跡を、犬の嗅覚で追いかける、という仕組みを考案した。これは、GPS機能を使って敵を追う現代のアクション・ストーリーに先鞭《せんべん》を付けたものである。乱歩は少年ものの『灰色の巨人』（一九五五）の中でもシャーロックを活躍させている）

なお本書の訳題だが、「四人の」とすると、本作全体の謎の底が割れるとして、近年は『四つの署名』とする訳が（特に熱心なシャーロッキャンのあいだでは）支持されているようだが、物語のごく初めのほうで、奇妙な十字のしるしと四人の人名が列記された文書が紹介されているのだから、そこまで神経質になる必要はないのではないだろうか。依って従来どおり、『四人の署名』とした次第である。諒とせられたい。

怪奇小説として見たホームズ・シリーズ

紀田順一郎

深夜純粋な気持になって、ホームズもののベストは何かと考えると、私には「赤毛組合」と「まだらの紐」が浮かんでくる。この二作品が、ほかのすべての作品をこえて、最高のものと感じられるのである。――などと、のっけから乱歩調になったが、その乱歩によれば「従前は「まだらの紐」が最傑作という説をなす人が多く、私も一時はそう考えていたこともあるが、現在ではやはり「赤髪聯盟」を採る。前者の怖がらせは、後者のウイットとユーモアに及ばないからである」(『続・幻影城』、一九五四)とあって、ベストワンは動かないようである。

しかし、小説の基調としてのユーモアと恐怖の優劣をきめることには、ほんらい意味がなく、無理な比較によって「まだらの紐」の怪奇小説、恐怖小説的興味を過小評価することは避けたいところである。トリックの創意という点で、「赤毛」が「まだら」の上位にあることは乱歩のいう通りであろうが、「まだら」が先行作品とされているポオの「モルグ街の殺人」(一八四一)に比し、幻想怪奇小説としてはむしろ優れているともいえるからだ。

それでは、幻想怪奇小説、恐怖小説というジャンルは、ドイルにおいてどのような意味をもっていたのだろうか。時代的背景としては、彼の活躍した十九世紀後半の社会が、片や社会主義や婦人運動の萌芽《ほうが》に見られるように近代化への方向性を見いだしつつあったにもかかわらず、新たな理念と実践を採り入れた神秘主義が勢力を拡大し、科学的な合理主義やプラグマティズムの及ばない薄明の世界に、人々の意識を向けてさせていたということがある。現にドイルが『緋色の研究』をもってホームズもののスタートを切った一八八七年に、神智学《しんちがく》の主唱者ブラバツキー夫人は五十六歳、フランス神秘主義で知られる作家ユイスマンスは三十九歳、人智学を創始したシュタイナーは二十六歳、後に「黄金の暁《あかつき》教団」のメンバーとなり、神秘主義を主題とする作品によりアイルランド文芸復興を促すことになるイエイツは二十二歳だった。多士済々というべきであろう。

このような過渡期時代の空気を吸い込んだドイルが、創作の対象として、同じ薄明の世界にしても《暁》よりは《薄暮》のテーマ、つまり幻想怪奇、推理、綺譚、サスペンスなどを選択したとして何ら不思議はない。『緋色の研究』自体、今日では多くの研究者によって、ゴシック文学系のウォルポールやC・B・ブラウンはもとより、ポオ、ガボリオ（『ルコック探偵』）そのほか幻想怪奇性の濃厚な作家からの影響が明らかにされているが、それこそが当時の読者にとって最もリアリティーに富んだ素材だったのである。

『緋色の研究』は、推理の過程を第一部として、事件の背景や犯行の動機を改まった形で語る第二部とを、はっきりと分けている（一八九〇年発表の第二長編『四人の署名』は二部構成ではないが、最終章の犯人の長めの告白が第二部のような扱いとなっている)。このような背景部分には、伝奇小説的要素、すなわち過去に遡《さかのぼ》る錯綜した人間関係や、一定の史実に基づく裏面史的な要素が含まれる。いかにも古めかしく、純粋な推理小説である「モルグ街」が、『緋色』より四十六年も先行しながら、より新しい印象を与えるのはそのためだが、無論ドイル自身に物語に古色を帯びさせるような考えはなく、ただ執筆過程で明快な推理小説と伝奇小説との落差ないしは肉離れを感じ、二部構成としたことは賢明だった。

「橅《ぶな》の木屋敷の怪」の冒頭で、ホームズはワトソンに対し、つぎのような感謝のことばを発する。「これまできみはわれわれの扱った事件を書きとめ、ときには——はっきり言って——潤色までして、ちょっとした記録にまとめてくれているが、ここでもやはり、ぼくの名が喧伝された有名事件《コーズセレブル》とか、センセーショナルな刑事裁判のようなものよりも、事件そのものはごくありふれているものの、ぼくが本領とする推理や論理的総合の才、それをより多く発揮する余地のあったもののほうに、一段と強い脚光をあててくれているからね」(深町眞理子訳)。つまり、作者はホームズの口を借りて、事件そのものの異常性よりも、推理小説的要素のほうを重視するという創作意図を開陳しているわけで、このときまでにホームズものの短編を一ダースほど手がけて推理小説作法が確立したことを意味している。

かくてドイルは、短編においてはもっぱらナゾやトリックの追求、ホームズというキャラクターの造形に集中し、たとえ長編にしても『バスカヴィル家の犬』では明確に伝奇性よりも幻想怪奇的要素を採用するなど、方針の転換を図り、いちおうの成功を見たといえよう。ただし、ドイルはこの伝奇的二部構成に余人が想像する以上の愛着があったようで、第四長編の『恐怖の谷』において復活させているが、さすがに第二部は伝奇性によりかかることなく、独立した小説としても読めるよう、人物の心理描出などに努めた跡がうかがえる。

このように考えると、幻想怪奇的要素はホームズものの枠組みの上で、意外に重要なことが理解されよう。いったい、当時の読者の感覚からいえば、伝奇性と怪奇性との距離はそれほど遠いものではなかったはずだが、ドイルは両者をはっきり使い分けていた。現にホームズもの以外の短編において、彼は多くのすぐれた怪奇小説をのこしている。

以下、それらの作品のタネを割ることになるので未読の方はご注意いただきたいが、最も得意としたのは怪物テーマで、乱歩が「怪談入門」というエッセイで「動物怪談」と命名した分野である。怪奇小説では「樽工場の怪」の大蛇、「ブラジル猫」の凶暴な大猫、「青の洞窟の恐怖」におけるクマのような未知の怪物などが典型的な例で、この延長線上に「大空の恐怖」に描かれた成層圏の怪物があるといってよい。このような怪物がホームズものに応用された例としては、『バスカヴィル家の犬』の巨大な妖犬や「まだらの紐」におけるインド産の沼蛇などがあり、ドイルにとっては自家薬籠中の題材であったろう。「橅の木屋敷の怪」に出現するマスティフ犬などは、単なる獰猛《どうもう》な番犬でしかないところを、古ぼけた屋敷とそこに雇われる女性教師というゴシック・ロマンス風の舞台装置によって、サスペンスの脇役を果たしているのである。

ちなみに「橅の木屋敷の怪」の陰うつな古屋敷や、ヒロインが主人からの奇怪な振舞いに悩まされるという設定は、後年のデュ・モーリアの『レベッカ』やルーファス・キングの『青《あお》髯《ひげ》の妻』（映画『扉の蔭の秘密』の原作）などのゴシック風メロドラマの一源流となっているように思われる。

　オカルトや超自然現象もドイルの得意とするジャンルだったことは、精神感応（テレパシー）を扱った「深き淵より《デ・プロフンディス》」、人身御供の恐怖を描いた「血の石の秘儀」、降霊術の恐怖を題材にした「火あそび」などを一読すればわかるが、いずれもホームズもの以外の短編に属し、肝心のホームズものとしては「藤《ウィスタリア》荘」の小道具にブードゥー教の儀式が現れたり、「サセックスの吸血鬼」に一見それらしい状況が描かれるにすぎない。後者において、真に恐ろしいのは犯人の異常性のはずだが、ホームズものの枠内では心理の掘り下げが難しかったのか、クイーンの高名作に比して感銘が乏しいのは否めない。

　いずれにせよ、ドイルはホームズものにおいては怪奇性を控えめに、一種不気味な雰囲気を醸成するためのスパイスとしてのみ、用いる程度にとどめていた。その意味で印象にのこる作品の随一として、暗号小説としても高い評価を受けている「踊る人形」を挙げることに、大方の異論はないだろう。ナゾ自体はオカルトとは何の関係もないが、アルファベットを人形に置き換えるアイディアが猟奇的な興趣を呼びおこす。そのほか「くちびるのねじれた男」や「六つのナポレオン胸像」「ボール箱」「這う男」「ライオンのたてがみ」「覆面の下宿人」などの諸作にも、濃淡こそあれ猟奇味のスパイスが効いているようだ。

　このほかホームズもの以外の作品として、怪物テーマにもオカルトにも入らない「恐怖スリラー」というべき分野がある。夫が妻の浮気相手の歌手に凄惨な復讐をとげる「シニョール・ランベルトの引退」、同様に妻とその浮気相手である医師におぞましい意趣返しをする「サノクス令夫人」、恋人を奪った友人への復讐を描く「新しい地下墓地」などのほか、精神を病む人物が高塔のエレベーターを墜落させようとする「昇降機」、水責めの拷問にかけられた女性犯罪者の実話を一ひねりした「革の漏斗」など、いずれも生理的でサディスティックな、サイコ犯罪を扱った作品群である。現代ならば推理小説の恰好の材料であるはずだが、ホームズものを〝健全な読物〟に仕立てようとしたドイルとしては、全面的に採り入れることは、ゆめにも考えられなかったといってよかろう。

ドイルが歴史小説を本命とし、推理小説は重視していなかったことはよく知られている。SFやホラー系の作品も、推理小説よりは上位に考えていた形跡がある。十九世紀後半から二十世紀前半にかけて多数輩出した物語作家に伍して、一作ごとに独創性の高い境地を拓《ひら》いていった彼にとって、ホームズとワトソンのキャラクターを中心に構成した物語も、いったん定型化してしまうと、作家としては必要以上にマンネリ性が意識され、執筆作業そのものが苦痛となったことが考えられる。

しかし、ドイルはホラー専門の作家としては大成しなかったのではないだろうか。ドイルの怪奇小説は〝もう一つの世界〟へ読者を誘うような、恐怖の詩情にも高揚感にも乏しいからである。かえってホラー的要素を抑制的に用いた推理小説で後世の評価を獲得したことに、作家の運命というものを考えさせられる。

検印
廃止

訳者紹介　1931年生まれ。1951年，都立忍岡高校卒業。英米文学翻訳家。ドイル〈シャーロック・ホームズ全集〉，クリスティ「ＡＢＣ殺人事件」，ブランド「招かれざる客たちのビュッフェ」など訳書多数。著書に「翻訳者の仕事部屋」がある。

四人の署名

2011年7月29日　初版
2017年11月10日　4版

著　者　アーサー・コナン・ドイル

訳　者　深《ふか》町《まち》眞《ま》理《り》子《こ》

発行所　（株）東京創元社
代表者　長谷川晋一

162-0814/東京都新宿区新小川町1-5
電　話　03・3268・8231-営業部
　　　　03・3268・8204-編集部
ＵＲＬ　http://www.tsogen.co.jp
振　替　00160—9—1565
暁印刷・本間製本

乱丁・落丁本は，ご面倒ですが小社までご送付ください。送料小社負担にてお取替えいたします。

ISBN978-4-488-10119-0　C0197